전세도 1년밖에 안 남았고...

보조작가 김국시의 생활 에세이

전세도 1년밖에 안 남았고...

김국시 글·그림

한겨레출판

행운의 편지

이 책은 1991년 대한민국 강원도 원주에서 최초로 시작되어 지구를 한 바퀴도 못 돌아 지금 당신에게 도착하였습니다. 이 글을 모두 읽은 당신은 이 책을 일곱 명의 사람에게 알려야 하며 그렇지 않다 하더라도 이 책을 펼쳐주셔서 정말 감사하고 성은이 망극합니다. 매일 행복할 수야 없겠지만 죽는 순간 후회하지 않을 만큼만 평범하고 편안하게 사시길 바랍니다. 나날이 건강하시기를.

2020년 봄에
김국시

차례

6년 차 방송작가 '김 작가'

처음엔 드라마 작가가 되고 싶었다. 방송작가 일을 시작한 지 1년이 지났을 땐 주말에 쉬는 작가가 되고 싶었고, 4년 즈음 지났을 땐 월 200만 원을 받는 작가가 되고 싶었다. 6년 차 작가가 되었을 땐 그림작가를 꿈꾸다 말고 매일 새벽 2시에 일어나 방송국으로 향했다. 몽롱한 정신으로 일하다 피디가 "김 작가!"라고 부르면 깜짝 놀랐다. 작가라는 말은 항상 부담스럽다. 700원짜리 아이스크림을 날름 핥은 뒤 눈을 감고 음미하며 '으음~ 역시 이 디저트는…'이라고 하는 느낌이다. 그럼 아이스크림이 속으로 그럴 거다. '아니 뭐

디저트랄 것까지. 긁적긁적…. 그래 굳이 분류하자면 그렇게 할 수야 있지만… 그치만… 조또*… 그래도 그건 아닌 것 같은데….' 그러니까 나도 작가긴 한데 조또… 그 작가가 그 작가가 아닌 거다.

방송작가도 분야가 여럿이다. 난 여기저기를 떠돌았다. 다큐팀 막내작가, 교양 프로그램 서브작가, 드라마 보조작가, 아침 뉴스팀 해외토픽 작가. 뜬금없지만 다른 이의 에세이집에 삽화를 그리기도 했다. 진득하니 뜨거운 물에 몸을 담그지 못하고 벌거벗은 채 냉탕, 온탕, 미지근한 탕, 찻물 우러난 탕, 이런저런 탕탕탕을 떠도는 경박한 모양새다. 이곳저곳에 발을 담그며 한곳에 오래도록 머무는 사람들을 구경했다. '아, 저렇게 오래 있다니 대단하다. 난 그럼 저길 가볼까… 쑤욱….' 딱히 새로운 분야가 궁금했던 건 아니고 그때그때 기회 닿는 일을 하다 보니 이렇게 됐다. 여기저기 깔짝대다 둘러

---

* 일본어로 '잠깐만요'라는 뜻의 조토마테ちょっと待て를 줄여 그냥 조또 라고 썼다.

보면 같은 곳에 있던 사람들은 다들 벅벅 때 빼고 광내고 있는데, 나는 '아아… 아직 때가 안 불었어' 하며 눈알을 굴리며 앉아 있다. 쪼그라들어가는 손끝만 매만지며.

일필휘지로 사람들을 울고 웃게 하는 그 '작가님'과 일급으로 급여를 받기에 명절에도 쉬지 않았으면 하고 내심 바라는 나 '김 작가'는 엄연히 달라져버리고 말았다. 다시 곰곰이 생각해보기로 한다. 나는 왜 '그게 그건 아닌 김 작가'가 되었나. 내가 그간 어떤 합리화 과정으로 자신을 철저하게 속여왔기에 '그 수많은 정자 중에 내가 태어난 게 어디야'라며 원초적인 나의 생명 탄생에 만족하고 살고 있나. 자유 수영 하러 갈 돈 3000원은 얼마든지 있다며 수건 한 장 팔랑팔랑 흔들고 바람에 배실배실 웃음을 흘리며 수영장에 다니나.

이런저런 '김 작가'를 거친 지금의 나는, 수영장 샤워실 구석의 작은 사우나에 앉아 아주머니들의 수다를 엿들으며 얼마든 머물고 싶은 만큼 머물 수 있는 것으로 족하다. 집에 오는 길, 슈퍼에 들러 먹고 싶은 '디저트'를 마음껏 사 먹을 수 있는 것으로 족하다. 집에 와 노곤한 몸으로 책을 읽다 졸리면 '에잇' 하고 드러누워 낮잠을 잘 수 있는 것으로 족하다. 오늘의 나는 다른 사람들을 울고 웃게 할 순 없지만, 내가 울고 싶을 때 울고 웃고 싶을 때 웃을 수 있는 것으로 족하다.

원대했던 작가의 꿈이 '현실'적인 생활에 파묻혔다고 생각하진 않는다. 합리화를 잘하기에, 나를 속일 만큼, 내가 현실에 만족하고 행복할 이유를 찾을 수 있다.

조또… 그러니까 그게 어떻게 된 거냐면….

밍글밍글… 스물세 살의 여름,
으스스… 스물세 살의 겨울

대학교 4학년 방학. 알바를 할까 싶어서 인터넷 사이트를 뒤적이다 '한 달간 일해주실 막내작가를 구합니다'라는 글을 봤다. 방송 외주제작사의 일이었다. 뭣도 모르고 한 달간의 일을 시작했다. 제작사는 골목길 안에 자리한 주택 한 채를 회사 건물로 쓰고 있었다. 내가 맡은 일은 아침에 TV를 틀면 흔히 나오는 교양 프로그램이었는데 한 번도 본 적은 없었다. 지상에선 작가들이 복작거리며 아이템 회의를 하고 섭외를 했다. 항상 밤을 새워 퀭한 눈의 프리랜서 피디와 조연출들은 지하에 자리 잡고 있었다. 그 주택에서 일하는 이들을 통틀어 막내였던 나는 커피를 내리고 컵을 씻는 등의 온갖 잡무를 도맡았는데 그 가운데 작가다운 업무를 꼽자면 섭외였다. 방송에 출연할 누군가를 섭외할 땐 섭외북을 촤라락 넘기며 손가락으로 이름을 딱! 짚고 '음~ 이번엔 이 사람에게 전화를 해봐야겠군' 할 줄 알았다. 하지만 그런 건 없었다. 내가 알아서, 어떻게든, 수소문해서든, 인터넷을 뒤져서든 메인작가가 원하는 사람을 찾아내야 했다. 한번은 갱년기의 중년 남성을 찾아야 했는데 도저히 찾을 수 없었다. 어렵게 찾아내도 창피하다며 방송에 얼굴을 내보이지 않으려 했다. 그리하여 내가 촬영팀을 이끌고 간 곳은 나의 고향 집이었다. 그 일은 한 달간의 알바였다. 도저히 못 찾겠으면 그냥 '이 섭외는 못 하겠다' 했으면 됐을 텐데. 나는 왜 거기까지 갔을까. 그곳엔 (갱년기인지는 잘 모르겠지만) 중년 남성인 나의 아빠가 있었다.

아빠가 엄마에게 "빨래가 제대로 안 됐다"며 짜증 내는 모습을 연출해서 찍었다. 카메라 앞에 앉은 아빠는 눈을 반쯤 뜨고 엄마가 못마땅하다는 듯 얍실한 표정을 지어 보였다. 고향 집이 그렇게 낯설긴 처음이었다. 촬영이 끝나자 엄마는 촬영팀 앞으로 삼계탕을 끓여냈다. 난 민망했다. 미안해서 민망하고, 고마워서 민망했다. 입안에 아무 맛도 안 나는 오래된 버터가 녹지 않고 맴도는 것 같았다. 무언가를 뱉지도 삼키지도 못할 표정으로 아빠

에게 "고맙다" 하니, 아빠 도리어 태연
하게 "딸 하는 일 돕는 건데 뭐" 했다.
프리랜서 피디가 허겁지겁 삼계탕
을 먹는 동안 난 계속 입안이 밍글
거렸다.

　고향 집의 내 방 문엔 내가 자라난 키가 눈금으로 표시
돼 있다. 어깨높이의 눈금을 보고 있으면 '지금'이 아닌
또 다른 시간에 내가 존재했다는 게 낯설다. 그게 미래가
아닌 과거의 나라도 어색하긴 마찬가지다. 지금 나는 나
의 스물세 살 여름이 그렇게나 낯설다. 생각해보면 알쏭
달쏭한 모든 일들이 '처음'이라는 이유만으로 즐거웠다.
밍글밍글, 여름 한 달은 그렇게 금방 지나갔다.

✳

　날이 좀 쌀쌀해지자 졸업이 코앞이었다. 친구가 알려
준 방송작가 구인 사이트를 둘러보다 '혹시나' 하는 마음
으로 다큐멘터리 프로그램에 이력서를 보냈다. 방송국에
서 일해 보고 싶었지만 언론고시는 엄두가 안 났고, 잠시
해본 작가 일도 할 만했다. 이력서는 보냈지만, 어떤 주

제의 다큐인지는 몰랐다. 면접을 보러 오라는 연락을 받았다.

별다른 취직 준비를 해본 적이 없는 나는 면접이 낯설었다. 로비에 도착하니 사흘 밤은 새운 것 같은 내 또래의 조연출이 나와 있었다. 키는 경중하니 큰데 스스스… 스스스… 미끄러지듯 움직였다. 그가 안내하는 대로 회의실에 들어갔더니 희끗희끗 도깨비처럼 헝클어진 머리에 나이가 지긋한 피디와 흰 달걀처럼 얼굴이 창백하게 질린 메인작가가 앉아 있었다. 고향이 어디냐, 전공이 뭐냐, 영어는 좀 하냐 등등의 얘기를 하다가 툭, '죽음'에 대해 어떻게 생각하냐는 질문을 받았다. 움찔해야 했는데 그게 얼마나 이상한 질문인지를 떠나, 어떻게든 잘 대답해야 한다는 생각뿐이었다. 그래서 "전 어린 시절부터 죽음에 대해 생각해왔습니다" 했다. 무슨 소린가. 나의 성장과정은 죽음에 대한 두려움을 극복하는 과정이었고, 밀란 쿤데라의 책을 읽고 그 두려움을 극복했다는 둥…. 정말 내가 그런 생각을 한 적이나 있었는지, 말하다 보니 그렇게 생각한 것처럼 된 건지 헷갈렸다. 모르는 사람 앞에서나 할 소리였다. 이 사람을 다시 보지 않겠다 싶은 상황에서만 할 수 있는 말들이 있다. 어리둥절한 표정으로 회의실에서 나오니 엘리베이터 앞 의자에 접힌 듯 앉아 있던 조연출이 또 스스스… 일어나 1층까지 스스스… 데려다줬다. 로비를 지나 방송국 정문을 지나는데도 계속 뒤따라오기에 "언제까지 따라오실 거예요…?" 했더니 스스스… 돌아갔다. 하나같이 수상하고 스산했다. 몇 시간 뒤, 달걀작가로부터 전화가 왔다. "언제부터 출근 가능해요?"

며칠 후 1층 로비에서 스스스 조연출을 다시 만났다. 나는 수줍은 사회초년생의 표정을 지어 보이며 "잘 부탁드립니다!" 했다. 첫 출근이었다. 우리 팀은 네 명이었다. 도깨비 피디, 달걀 작가, 스스스 조연출, 그리고 막내작가까지. '어린 시절부터 죽음에 대해 생각해왔다'고 말한 나는 세 편의 다큐가 만들어지기까지 그렇게 꼬박 1년을 매일, 아침이고 점심이고 저녁이고 새벽이고 '죽음'만 떠올리며 지냈다. 우리 다큐 팀의 주제는 바로 '죽음'이었다.

처음으로 내 자리를 배정받고 차가운 책상에 팔이 닿는 순간, 역시 스산한 기운이 감돌았다. 스물세 살 겨울, 우연히 내려앉은 축축한 흙에 찔끔, 뿌리를 내리는 순간이었다. 앞으로의 1년이 어찌 될지 몰랐던 그때, 내가 이 사람들 중 한 명과 앞으로 얼마나 긴 시간을 함께하게 될지 몰랐던 그때의 나는 '죽음'의 문턱에 들어앉아 멀뚱멀뚱 주변을 둘러보고 있었다.

나의 온순한 개여, 이리 온

    고등학생 때 국어시간이 끝날 무렵 선생님께서 "지금 행복한 사람 손 들어봐" 했다. 망설임 없이 손을 번쩍 들었다. 서른 명 남짓한 반 아이들 중 손을 든 건 나를 포함해 두세 명 정도였다. 나는 웬만하면 행복했다. 뇌와 장기에 물리적인 손상이 없고, 뇌가 내리는 판단에 따라 행동해도 남에게 크게 피해를 주지 않고, 삼시 세끼 밥과 김치만 먹을 수 있어도 행복했다. 나에게 행복은 '개' 같은 존재였다. 뭐 딱히 별거 없이 밥만 줘도 그렇게 좋다고 헥헥거렸다. 왜 그럴까 생각해보면, 부모님은 나에게 건강 말고는 바라는 게 없었다. 큰 병을 앓은 적이 있는 것도 아니다. 시험을 못 봐도 공부하라고 채근하지 않기에 그냥 이렇게 살면 되나 보다 했는데, 사실은 두 분이 맞벌이하느라 정신이 없어서 내 성적을 일일이 확인할 겨를이 없었던 것 같다. 그때의 교실로 돌아가, 친구들은 누가 손을 들었나 주변을 둘러봤다. 손을 든 사람이 너무 적은 게 한눈에 보였다. 나는 친구들이 행복하지 않다는 게 이상해서 나의 IQ가 낮거나 생각이 지나치게 단순해서 손을 든 건가 고민하기도 했다. 그렇게나 나의 행복이란 온순한 개 같았다. 그런데….

막차를 기다리며 지하철역 의자에 앉아 있다가 소리를 질렀다. 방송작가 3년 차였다. 1년여간 준비해온 교육 다큐 막바지 작업을 할 때였다. 밤샘 작업이 이어지면서 다들 피곤하고 예민했다. 그 당시 나는 밟아도 꿈틀하지 않고 죽은 척하는 지렁이였다. 저 위부터 떠밀려 온 유해 스트레스는 먹이사슬의 가장 아래에 있는 나, 막내작가에게 내려와 쌓였다.

"으아아아아아악!!!!" 안 그래도 목청이 큰데 장기를 가리가리 찢는 듯, 말 그대로 비명을 질렀다. "끄악! 끄악!! 끄아아아아아아아아아악!!!!!" 몇 차례 더 비명을 질렀던 것 같다. 지하철역이 왕왕 울렸다. 기억하기로는 지금까지 내가 한 가장 이상한 행동이었다. 언니에게 전화해서 상황을 설명하며 또 미친년처럼 비명을 질렀다. 분노가 한계치를 넘어서니 식도가 욱신거리고 심장이 머리까지 솟아오른 듯 온 얼굴이 방방거렸다. 심장이 폭발해 눈과 귀를 뚫고 사방으로 튀어나갈 것 같았다. 퇴근길 지하철역에는 직장인이 몇몇 있었지만 이성을 잃은 나는 시야까지 뿌예졌고 판단력은 일찍이 으스러졌다. 나의 온순했던 개는 투견이 되어 철철 피를 흘렸다. 그 상태로 전화를 걸었다. 나를 그 지경에 이르게 한 편집 감독의 목소리가 들렸다. 완전히 이성의 끈을 놓지 않은 나는 인간의 언어로 내가 왜 당신의 말에 수긍할 수 없고, 그래서 당신의 말로 인해 얼마나 상처 입었는지 설명했다. 창피하게 눈물이 왈칵 쏟아졌다. 편집 감독은 순순히 미안하다며 사과했다. 자신도 피곤한 와중에 말이 잘못 나왔다고 했다. 전화를 끊었지만 계속 눈물이 났다. 그 정도로 눈물이 나면 물총을 쏘듯 눈물이 앞으로 나갈 것 같은데 그렇진 않았

다. 덜컹이는 지하철을 타고
집으로 가는 길에도 눈물
이 계곡물 흐르듯 조록-
조록- 졸졸졸- 흘렀
다. 부모님과 함께 살

지 않고 자취하는 게 다행이었다. 그
런 모습을 보이고 싶지 않으니까.

학창 시절의 나는 단순해서 행복
한 게 아니었다. 삼시 세 끼 밥을 먹
고 배가 불러서 행복한 것도 아니었
고 부모님이 성적표로 혼을 내지 않
아서 행복한 것도 아니었다. 어떤 이유가 있어서 행복한
게 아니라, 불행할 이유가 없어서 행복했다. 그 수업 시
간에 선생님과 친구들은 내가 왜 손을 들었는지 궁금해
했다. 별말도 안 되는 이유를 들어 설명했던 것 같고, 친
구들은 와르르 웃음을 터뜨렸다.

술 냄새가 번진 지하철 막차 안에서, 사람들은 낯선 이
가 왜 우는지 궁금해하지 않는다. 그 시기 어느 누구도
내가 행복한지 궁금해하지 않았다. 내 안의 온순한 개는
온데간데없이 사라지고 잔뜩 겁을 먹은 낯선 짐승 한 마
리가 금방이라도 튀어 오를 듯 구석에 몸을 낮춘 채 으
렁거리며 이빨을 드러냈다. 사나워진 나의 감정이 누군
가를 공격하지 않도록 입마개를 하고 목줄을 짧게 졸라
맸다. 나의 개는 숨이 막혀 낑낑댔다. 한 번 짖지도 못한
채 이리저리 다른 이의 발에 채였고, 나는 내 감정이 학

대당하는 모습을 방관했다. 당장 코앞에 닥친 일을 처리하느라, 내 감정 따위 신경 쓸 바가 아니었다. 그렇게 무심한 사이, 몇 년이 훌쩍 지났고 그제야 후회됐다. 나의 개는 더 이상 밥그릇을 보고 꼬리 치지 않는다. 다만 내가 조용하고 평화로운 일상을 함께하길 바란다. 교실 한가운데서 번쩍 손을 든 그때의 난, 시간이 지나 경험이 쌓일수록 모르는 것들에 대해 배워나갈 거라고 기대했다. 하지만 시간이 흐르면 흐를수록, 예전의 내가 당연하게 느꼈던 감정을 기억하기 위해 점점 더 힘들게 노력해야 할 뿐이다.

드라마

꿈이 이뤄졌다고 생각했다. '그래, 이렇게 되는 거였어. 나는 역시 내 인생의 주인공인가. 훗.' 드라마 보조작가 일을 시작했다. 패션다큐팀에서 함께 일했던 메인작가님의 소개였다. "주변에 드라마 보조작가 하고 싶은 애 없니" 하고 물어보시기에 내가 하고 싶다고 했다. 드라마 작가님에게 간단한 대본을 보냈고 작업실에서 면접을 본 뒤 일을 시작했다. 보통 드라마 보조작가는 한국방송작가협회 교육원의 드라마 과정을 이수한 사람을 뽑는다. 하지만 달 작가님(익명성 보장을 위해 달 작가님이라 하겠다. 얼굴이 달같이 둥글기도 하고 달 사진 찍는 것도 좋아한다)은 취재를 중요하게 생각하기에 방송작가 출신인 나를 뽑았다고 했다. 떨리고 행복했다. 긴장되고 설렜다. 바이킹이 끝까지 올라갔다가 내려올 때의 그 시리고 아찔한 기분이었다. 기분만은 이미 스타 작가였다.

드라마 주인공은 법조인이었다. 취재를 해야 했다. 법에 관해 아는 거라곤 영단어 'Law'가 전부였다. 달 작가님은 나를 법원에 데려갔다. 재판을 보면서 법률용어도 익히고 아이템이 될 만한 사건도 얻어야 했다. 법원 옆엔 검찰청이 있었다. "검찰…청? 저 건물엔 누가 있어요?" 내가 한 첫 질문이었다. 달 작가님은 그저 웃으셨다.

본격적인 취재에 돌입했다. 공개재판이 열리는 법정에는 누구나 들어가 재판 과정을 볼 수 있다. 신기했다. 온갖 자극적인 사건들이 펼쳐지는 곳이었다. 나는 재판 내용을 듣고 적고 전달했다. 어떤 사건이었는지, 검사가 어떤 주장을 했고 변호사는 어떻게 변호했고, 그래서 누가 누굴 어쨌고, 근데 알고 보니 애가 애를 저쨌다더라. 흥미진진했다. 드라마 작업에는 자문단도 필요했다. 개인적으로 알고 있는 법조인은 없었다. 참관하던 재판의 쉬는 시간을 이용해 생판 모르는 검사를 손짓 발짓으로 부르면 '저 사람은 뭐지?' 싶어서 검사가 다가오고, 그러면 "저 드라마 보조직가인데요. 이러이러해서 연락처 좀…" 그러다가 또 변호사 쪽에 가서도 똑같은 이야기를 하고. 그걸 계속 반복하다 보니 네댓 명의 연락처는 구해졌다. 판사의 연락처도 필요했다. 판사에겐 손짓 발짓을 시도조차 해보지 못했다. 판사석은 방청석과 거리가 너무 멀었다. 하여, 지방법원에 '그림자배심원(일종의 배심원 체험)'을 신청해서 내려갔다. 국민참여재판이 열리는 법정엔 판사단, 검사단, 변호인단, 피고인, 배심원단 등등 서른 명 남짓이 있었다. 판사님이 재판을 마무리 지을 즈음 "그림자배심원분들 혹시 뭐 궁금하신 거 있으신가요?" 하시기에 손을 번쩍 들고 "판사님 연락처 좀 알려주세요!" 했다. 그래서 어찌어찌 연락처를 또 얻어냈고, 그런 내 모습이 호기로워 보였다. 재밌었고 만족스러웠다. '아, 거참 일이 술술 풀리네' 했다. 호의를 보이는 검사와 변호사를 만나 취재했고 이야기를 듣다가 눈물을 흘렸는데 내가 진짜 감동해서 운 건지 나의 리액션이 궁극에 달했던 건지는 아직도 모르겠다. 상큼발랄한 드라마 주인공처럼 조금은 백치미가 감도는 열정적인 보조작가로 빙의했더니 못 할 게 없었다. 그렇게 5, 6개월쯤 취재했을 때, 지옥문이 열렸다. 달 작가님이 본격적인 대본 작업에 돌입. 곧 아이디어 회의가 시작됐다.

다큐팀 막내작가는 할 일이 많아서 마라톤을 하는 것

같다. '아, 이쯤 왔으면 끝이 보여야 하는데… 숨이 찬데… 더 이상 못 갈 것 같은데…' 하며 쓰러질 듯 쓰러질 듯 어떻게든 앞으로 나가게 된다. 뭐 되게 엄청 힘들지만 죽을 것 같진 않다. 드라마 보조작가로 아이디어 회의를 하는 일은, 수영을 못하는데 태평양 한가운데 빠진 것쯤으로 볼 수 있겠다. 도저히 할 수 없는 걸 해야만 하는 거다.

✳

그땐 내가 왜 그렇게 힘들었는지 몰랐다. 지금 돌아보면, 무서웠다. 나의 생각과 달 작가님의 생각이 다른 게 무서웠다. 어떻게든 '달 작가님처럼' 생각하고 싶었다. 성공한 사람이니까. 그게 뭐든 달 작가님이 옳은 것 같았다. 초식동물이 육식동물처럼 되고 싶다고 입맛을 바꿀 수 있는 건 아니다. 둘의 입맛은 다르다. 어쩔 수 없다. 하지만 난 어떻게든 입맛을 맞추고 싶었다. 함께 뜯고 씹고 맛보며 우리가 동족이라는 즐거움을 맛보고 싶었다. 차라리 굴하지 않고, 껍데기를 상실한 것처럼, 미친 척 나의 아이디어를 계속 제시했으면 나았을 것 같다. 하지만 나는 나의 생각이란 것을 지우고 작가님의 방식내로 생각하려 애썼다. 안 됐다. 아이디어가 까여도 계속 계속 개소리든 헛소리든 지껄여야 하는데. 안 됐다. 아이디어가 까일 때마다 뺨따귀를 후려 맞는 기분이었다. 이미 퉁퉁 부은 볼을 또 내밀지 못하고 나는 움츠러들었다. (혹시나 해서 말하지만, 진짜 맞았다는 말이 아니다.) 아이디어 회의 때면 정적이 흘렀다. 할 게 없는 나는 작업실에서 키우는 강아지만 쓰다듬었다. 아침이면 산책을 시키고 밤이면 끌어안고 잤다. 작업실에서 자는 날이 많아졌다. 달 작가님이 스트레스로 불면증에 시달리는 동안에도 난 할 수 있는 일이 없었다. 화장실에서 방귀 소리를 내지 않으려 괄약근을 조절하며 조용히 똥을 쌌다. 발랄한 주인공은 고사하고 엑스트라조차 되지 못한 처참한 기분이었다. 그렇게 비바람이 몰아치고, 홍수가 나고, 불이 일어, 모든 걸 휩쓸고 태우고 나니 나의 밑천이 드러났다. 내가 잘하는 일과 못하는 일이 명확했다.

그때그때의 상황에서 웃긴 대사를 쓰는 건 그리 어렵지 않았다. 풋, 웃음이 나는 헛소리쯤은 나도 매일 하니까. 긴긴 이야기를 생각하는 게 어려웠다. 말하자면 나는 '맥'을 짚지 못했다.

어린 시절의 아픔을 가진 이 여자가 지금 비슷한 아픔

을 가진 이 남자를 만나 이러쿵저러쿵됐을 때 이 여자는 어떤 기분이며 어떤 말을 할 것인가.

모르겠다.

이 인물은 과거에 이런 일을 겪었는데 그걸 기반으로 보았을 때 현재 이 사건을 접하는 기분이 어떠할까.

모르겠다.

그다지 어렵지 않을 것 같은데도 나는 조금만 긴 맥락의 이야기만 나오면 허둥지둥했다. 지금 이 순간 벌어진 일에 대한 감정이 아닌, 과거부터 이어져온 감정을 따라 훑기가 어려웠다. 쉽게 말하자면 나무만 보고 숲을 보지 못했다. 그 사실을 인지했고 인정했다.

막바지에 들어서는 거의 작업실에서 먹고 자고 했다. 나는 근근이 취재와 자문을 이어가며 빛을 잃어가는 자존감을 살려보려 노력했다. 달 작가님의 스트레스 역시 극에 달했다. 그럴 땐 사람이 얼마나 심약해지는가 하면, 네잎클로버나 무지개라도 보고 싶어신다. 행운의 여신이 떨군 손톱 조각이라도 주우면 그 기운이 전해질까 싶은 그런 시기다. 난 여전히 아이디어 회의에서 할 말이 없었다. 달 작가님의 뇌를 뽑아 내 뇌에 박아서 달 작가님의 생각대로 말하고 싶었지만, 그럴 수 없었으므로 입을 다물었다. 그래서 내가 무엇을 했는가 하면, 강아지를 데리고 공원에 산책하러 나가 네잎클로버를 찾기 시작했다. 내가 할 수 있는 일이 그것밖에 없었다. 한심하지만 그땐 그랬다. 행운의 여신이 나를 측은히 여겨줬는지, 한 시간 남짓 공원을 돌며 열 개의 네잎클로버를 찾았다. 그 이후로도 종종 다시 찾아보려 했지만 쉬이 눈에 띄지 않았다. 여하튼, 그때는 상기된 볼로 강아지의 목줄을 손에 쥔 채 미친 듯이 네잎클로버를 찾았다. 찾아서 기뻤다. 달 작가님에게 네잎클로버를 선사했다. 처참하지만 그게 내 생애에 벌어진 유일한 초인적인 일이었다. 그렇게 1년여의 드라마 보조작가 일이 끝났다.

　나의 창피한 모습을 누군가에게 들키면, 그 사람을 볼 때마다 수치심이 느껴진다. 난 한동안 달 작가님을 보고 싶지 않았다. 달 작가님은 나를 다른 드라마 작가님의 보조작가로 소개해주려 하셨지만 거절했다. 나는 나의 깜냥을 알았다. 한참이 지나서야 난 편한 마음으로 달 작가님과 웃으며 밥을 먹을 수 있었다. 나에게 장점이 있든 말든 상관없었다. 내가 나의 단점을, 부족한 점을, 어떤 합리화도 없이 그대로 받아들이고 인정하기가 이렇게나 힘들다는 사실을 그때 처음 깨달았다.

그래도 나는 좋아

머리숱이 부족한 게이(호주 드라마 〈플리즈 라이크 미〉), 사회성이 부족한 덕후(미국 드라마 〈실리콘 밸리〉), 어딘가 진정성이 부족한 경찰(미국 드라마 〈브루클린 나인-나인〉)이 주인공인 드라마를 몇 번이고 돌려 본다. 대체 저런 지식을 어떻게 다 머릿속에 넣고 다니나 싶은 의사나 프로파일러가 주인공인 드라마는 감탄하긴 하지만 두고 두고 보게 되진 않는다. 식당 앞에 진열해둔 정교한 음식 모형을 보곤 군침이 돌지 않는 것처럼 너무 완벽해 보이는 것들은 왠지 이질적인 느낌이 들기 때문이다. 빤히 들여다보고 있으면 나도 모르게 이런 생각이 든다. '번지르르하게 만들어놨네. 진짜는 저것보다 구린데.' 아무리 자기 세뇌를 하며 입맛을 돋우려 해도 도저히 이입되지 않는다. 결국 포기하고 터덜터덜 길을 걷다가 막상 주섬주섬 동전을 꺼내게 만드는 건 동네 빵집에 진열된 꽈배기 같은 것들이다. 나의 건강 따위 배려하지 않고 설탕에 몸을 던진 애들. '나는 달다. 먹을 테면 먹어라' 하고 손님이 오든 말든 찜질방 단골들처럼 무신경하게 누워 있는 애들. 그런 것들이 좋다. 촌스러울 만큼 제 모습에 솔직한 것들. 긴장을 풀다 못해 흐물거려서 내 근육마저 말랑하게 만드는 상황들. 조금 덜 익은 채로 진열대에 선발투수로 나선 과일 같은 사람들. 대체 어쩌려고 저러나 싶어서 어리둥절한 표정으로 지켜보게 된다.

내가 좋아하는 드라마의 목록을 가만히 듣고 있던 작가님이 "좀 더 대중적인 것들을 좋아해봐" 했다. "많은 사람이 볼 수 있는 작품을 만들려면 너부터 그런 걸 봐야 해. 마이너한 것들은 그만 보고."

퇴근길에 '넷플릭스 추천 TOP10 드라마'를 검색하고, 그중 하나를 골라 밤새워 정주행했다. 어찌나 영상이 고급지고 스토리가 화려한지 한순간도 눈을 뗄 수 없었다. SF물이었는데 드라마를 다 본 뒤 저 멀리 놓인 컵을 매섭게 노려봤다. 혹시 나도 주인공 여자애처럼 초능력이 있을까 봐. 5초간 컵을 뚫어져라 쳐나보며 '저 컵이 진싸 움

직이면 나 혼자 있을 때만 이 초능력
을 써야 할까, 아니면 고양이랑 있
을 때 정도는 괜찮을까' 잠시 고민
했다. 다행히 컵이 움직이지 않아
서 초능력으로 내 인생이 복잡해
질 일은 없었다. 눈알이 뻐근해 한
숨 자고 일어나 열 번은 넘게 본 그

'마이너' 드라마를 또다시 틀어놓고 후루룩 라면을 먹었
다. 술도 안 마셨는데 해장한 것처럼 개운했다.

취향이라는 건 에스컬레이터 같아서, 일단 사람들 사
이에 섞여 타고 있으면 내가 굳이 뒷걸음질 치지 않는 한
스르륵 나도 모르게 휩쓸려버린다. '아, 이건 아닌데' 싶
어도 사람들 사이를 뚫고 다시 돌아가는 건 좀 민폐인 것
같아 차라리 함께 우르르 갔다가 나 혼자 되돌아가는 게
낫겠다 싶은 거다. 그렇게 극장에서 마블의 히어로물을
보고 나오는 길에 '이것 참 번거로운 일이네' 생각했다.
거기서 끝나면 그나마 다행인데, 직장 동료들이 내가 본
바로 그 '번거로운' 영화를 칭찬하고 있으면 나는 똥을
덜 닦았지만 차마 티를 낼 수 없는 듯한 뿌듯한 표정을
하고 앉아 있다. 만약 대화의 주제가 삭힌 홍어나 두리안

같은 거라면, 당당하게 표정을 드러내도
된다. 주변에 있는 한 명쯤은 나랑 같은
표정을 짓고 있을 테니까. 하지만 그게
시청률 고공 행진 중인 드라마나 다들 동의
한 점심 메뉴 같은 것일 때, 나는 미간에 풀을 먹여 다림
질을 해둔다. 나의 다른 의견이 구김살을 만들까 봐.

   내가 피노키오였다면, 미운 오리 새끼가 되지 않기 위
해 줄줄이 읊은 거짓말에 코가 길어져서 달까지 사다리
를 만들었을 거다. 좋아하는 것을 말했을 때 받은 동정의
눈빛이 나를 부끄럽게 만들었다. 잘못을 저지른 것 같아
나의 취향을 숨기기 시작했다. 다른 이의 색으로 나를 덧
입히면 되겠지 싶었다. 그렇게 이 사람의 빨강, 저 사람
의 파랑, 초록, 보라, 노랑을 덕지덕지 덧칠했더니… 온
갖 색이 뒤섞여 결국 시커멓게 뭉개진 감정만 남았다. 나
는 내 여정과 상관없는 표지판을 무시
할 줄 몰랐고, 비틀비틀 갈팡질팡 낯
선 곳만 맴돌다가 진만 빠졌다. 그
리고 뒤늦게 깨달은 건, 나는 사실
어디로도 가고 싶지 않았다는 거
다. 높은 곳, 새로운 곳, 밝은 곳도

궁금하지 않았다. 그냥 내가 좋아하는 드라마를 틀어놓고 설탕 꽈배기나 먹으며 나의 취향을 존중해주는 사랑하는 사람과 함께 낄낄희희 방구석을 뒹굴며 고양이들의 털을 뒤집어쓰고 싶었다.

얼마 전 한 선배 작가와 한강공원을 산책하다가 클로버 더미를 발견했다. 문득 쪼그리고 앉아 클로버 떼를 휘이 저었더니 네잎클로버가 눈에 띄었다. 앗! 조금 미안하지만 똑 따서 손가락 사이에 살포시 쥐고 빙그르르 돌려보았다. 지켜보던 선배가 웃으며 "그거 돌연변이야. 역시 튀면 죽는 거야" 했다. 고이 방송국까지 가져온 클로버를 하루 정도 책 사이에 넣어두었다가 출산을 앞둔 피디에게 선물했다. 그 김에 지갑 안에 가지고 다녔던 코팅한 네잎클로버를 다시 꺼내 보았다. 온통 세 잎인 클로버 사이에 숨어 있던 네잎클로버를 발견했을 때, 기뻤다. 쓸모없는 잎 하나가 삐죽이 더 튀어나와 있어 다른 것들과 달라 보였기 때문이다. 돌연변이여도, 나는 좋았다.

악몽의 끝은

드라마 보조작가 일이 끝나고 잠시 쉬기로 했다. 달 작가님이 이런저런 이유를 붙이며 주고 또 주신 두둑한 '보너스'가 떨어져갈 즈음 간간이 자료 조사와 취재 알바를 해가며거의 1년을 버텼다. 일을 시작한 뒤 쉬어본 적이 없는데 돈이 똑! 떨어지기 전까진 다시 일을 할 마음이 생기지 않았다. 시간이 남아도는 그 기간에 꼭 배우고 싶은 게 있었다. 수영과 운전이었다. 이유는, 악몽 때문이었다.

꿈속에서 나는 물에 빠져 꼴깍꼴깍 숨이 넘어가거나 돌진하는 차의 운전석에 앉아 있었다. 내가 제어할 수 없는 상황이라는 게 무서웠다. 수영도 운전도 못해서 이런 꿈을 꾸는 건가 싶었다. 일을 그만두사마자 운전학원과

오전 11시 수영반에 등록했다. 내가 다닌 수영 수업에는 대개 가정주부와 졸업을 앞둔 대학생, 그리고 드물게 프리랜서와 백수가 있었다. 나는 프리랜서… 같은 백수였다. 수영장은 그런 곳이었다. 아무도 신경 쓰지 않는데 나 홀로 민망한 곳. 초급반은 첫 레인이었다. 그 옆은 중급, 그 옆은 상급이었다. 나는 첫 레인에서 킥판을 잡고 물에 잠기지 않으려 목을 빳빳하게 세우고는 공룡이 지나가듯 푸파파파! 살벌한 발차기를 해댔다. 옆 레인에서 평영을 하는 모습이 무슨 귀족 개구리처럼 우아해 보였다. 그 옆 상급반의 접영은 중력을 거스르며 수면을 팡팡 튀는 물수제비 같았다. 몇 번이고 팡팡팡팡-! 고수의 모습이었다. 아, 나는 언제쯤 저걸 해보나 곁눈질로 구경만 했다. 내 발차기로 일어난 물보라가 얼굴까지 날아왔다. 어설픈 솜씨로 튀김요리를 하다가 기름이 튀듯 사방으로 물방울이 튀었다. 푸파파팍!! 3개월을 다녔는데도 나는 계속 첫 레인이었다. 평영까지 배워서 이제 다음 레인으로 넘어가나 싶었는데 강사가 바뀌었다. 바뀐 강사는 내 자세가 기본부터 틀렸다며 처음부터 가르쳤다. 다시 발차기. 푸파

파곽!! 이제 좀 옆 레인으로 넘어가도 될 것 같은데 영 진도가 안 나갔다.

　운전학원은 수영보다는 진도가 빨랐다. 필기(학과시험)를 무난하게 합격하고 장내 기능시험 연습을 시작했다. 게임장에서나 운전해봤지 진짜 자동차의 운전대를 잡는 건 처음이었다. 엄마 몰래 처음 립스틱을 발랐을 때처럼 설레었다. 시동을 켜고 액셀을 살짝 밟았는데 차가 슈웅=3 나갔다. 심장이 벌렁거렸다. 스위치를 켜고 끄듯 액셀과 브레이크도 힘차게 꾹 밟는 건 줄 알았는데 애들이 생각보다 예민했다. 스위치가 아니라 터치패드… 아니, 터치패드를 넘어 거의 원격조종 수준이었다. 내 느낌엔 발을 댄 것 같지도 않은데 장엄한 명령이라도 내려진 대포처럼 튕겨나가갔다. 수영은 안 나가서 문제였는데 운전은 막 나가서 문제였다. 슈웅 발사되고 나면 운전 선생님과 나 사이에 정적이 흘렀다. 운전 선생님이야 그런 학생들을 워낙 많이 봤을 테니 태연했고 괜히 나 혼자 에헴, 멋쩍었다. 그래도 몇 번 해보니 금방 익숙해져서 장내기능시험도 단번에 합격했다. 이제 마지막 도로주행만 남겨두고 있었다.

수영을 하고 나면 녹초가 됐다. 너무 힘들어서 다들 어떻게 이걸 하나 존경스러울 정도였는데, 새로운 강사에게 자세를 다시 배우니 몸이 저 혼자 앞으로 나갔다. 손과 목을 조금만 틀었을 뿐인데 뒤에서 누가 밀어주는 자전거를 탄 듯 가뿐했다. 전엔 레인을 열 바퀴 돌고 나면 이러다 응급차에 실려 가는 거 아닌가 걱정됐는데, 자세를 제대로 잡고 보니 너무 편해서 이게 운동이 될까 싶을 정도였다. 수영을 배우는 순서는 자유형-배영-평영-접영이었다. 평영을 배우면서도 여전히 첫 번째 레인에 있었지만 이젠 수영할 맛이 났다. 수영이 끝나고 나면 샤워장 구석에 있는 사우나에 꼭 들렀다. 수영장에 가는 또 다른 즐거움이었다. 전엔 사우나에 들어가면 축축한 솜이 목구멍을 틀어막은 것처럼 숨이 턱턱 막혔는데, 이젠 자궁 안에 들어앉은 것처럼 그 열기가 뜨뜻하고 안온하게 느껴졌다. 그렇게 사우나에 앉아 있으면 '아, 나도 이제 나이가 들었구나' 싶다가도 옆에 쪼로리- 앉은 중년의 아주머니들과 노년의 할머니들을 보면 내가 치어같이 느껴졌다. 조금만 움직여도 방울 소리가 쩨르릉 울릴 것 같은 가볍고 경박한 물고기. 그에 반해 두툼하고 커다란 물고기들은 물속에서 방향을 틀 때면 둥둥 북소리가 들리는 것 같다. 중년을 넘긴 아주머니들의 몸동작을 보면

몸집과 상관없이 그런
느낌이 들었다. 그 가
운데 있으면 내 팔 하
나 휘젓는 것도 그렇
게 시끄러워 보여서, 괜

히 동작을 줄이게 된다. 길어야 10분. 얌전히 사우나에서
땀을 빼고 찬물을 쏴아 맞으면 한여름에 얼음물을 꼴깍
꼴깍 삼키는 것처럼 개운하다.

　악몽 때문에 수영을 배우는 거라면 그 정도에서 그만
뒀어도 상관없었다. 자유형과 평영으로도 충분했다. 물
에 빠졌다고 한들 그 위급한 상황에서 접영으로 나올 것
같진 않으니까. 그래도 계속하고 싶었다. 내 일상에 수영
이라는 혹이 생겼다. 귀찮은데 자꾸 손이 갔다. 하루에도
몇 번씩 들여다보고 싶었다. 조금씩 바뀌는 듯 아닌 듯
더딘 변화를 지켜보는 게 번거롭고 흥미진진했다.

　필기시험도 장내 기능시험도 단번에 합격했으니, 도
로주행도 뭐 그리 어렵지 않겠거니 했다. 첫 도로주행을
나간 날. 사방의 차들이 나를 향해 달려들었다. 인도로
걸어 다닐 땐 자동차들이 동물원에 갇힌 무력한 북극곰
처럼 보였는데, 직접 도로로 나서니 맹수들이 미친 듯이

날뛰는 벌판 한가운데 놓인 기분이었다. 조금만 꼼지락거렸다간 뒤에서 달려오는 사자에게 물릴 것 같고, 좀 피하려니 제 길을 막지 말라며 하이에나들이 꽥꽥거렸다. 거대한 트럭 바퀴는 코끼리 앞발 같았다. 첫 도로주행은 시간도 다 채우지 못하고 학원으로 돌아와야 했다. 너무 위험하다는 선생님의 판단이었다. 그다음 수업도, 그다음도 역시 무섭긴 마찬가지였다. 일자로 달리기도 어려운데 방향이라도 바꿀라치면 언감생심 백미러까지 봐야 했다. 백미러를 보는 영 점 몇 초가 그렇게 길게 느껴졌다. 결국 시험에 떨어졌다.

집에 돌아오는 길, 도로 위의 차들이 새삼 새로웠다. 너무 많은 사람들이 운전을 하니까 나도 쉽게 할 수 있겠지 싶었다. 다른 사람 다 하는 그거 나도 좀 해보겠다는데 뭐 하나 쉬운 게 없다. 그나저나 저 표지판은 원래 저기 있었나…? 몇 년 동안 다니던 길인데 그제야 많은 표지판들이 눈에 띄었다. 똑같은 장소인데 내가 보지 못했던 또 다른 세상이 있었다. 바로 코앞이지만 저곳으로 뛰어들려면 합법적인 출입증이 필요했다. 내 생애 그렇게 갖고 싶은 게 또 있었나 싶을 정도로 운전면허가 간절했다.

수영장은 돈만 내고 적당한 복장을 갖추면 들어갈 수 있으니 다행이었다. 수영장 물에선 싫지 않은 염소 향이 난다. 소변이며 이물질이 많다고 하던데 별맛은 안 났다. 그래도 먹지 않으려 노력했다.

여느 때처럼 발차기를 하고 자유형을 하고 평영을 하던 날, 선생님이 이제 두 번째 레인으로 가라고 했다. 그 냥 네- 하고 가면 될 걸, 너무 좋은 티를 안 내려고 똥이 라도 참는 듯한 오묘한 표정을 지었다. 그렇게 좋아했건 만 두 번째 레인에서 접영까지 배우고는 그만뒀다. 갑작 스레 시작한 아침 뉴스 일 때문이었다. 사물함에서 샤워 바구니를 빼고 열쇠를 반납했다. 수영장과 정이 들었는 지 돌아가는 길에 눈물이 나려는 걸 참았다.

대신 일이 끝난 뒤, 종종 자유 수영엘 갔다. 퇴근 후 수 영장에 가는 길은 나만 아는 아지트로 향하는 것처럼 두 근거렸다. 행복감에 싸여 물속에 꼬륵… 꼬르륵… 잠기 는데 뱀장어처럼 수영장 바닥에 붙어가는 사람이 보였 다. 앗, 잠영이 있었지! 못내 아쉬워다.

겨우겨우 두 번째 만에 도로주행시험에서 합격했다. 반짝이는 운전면허증이 눈부셨다. 운전면허증을 받고 돌 아오는 길은 발이 땅에서 10㎝쯤 둥둥 떠 있었다. 그 뒤로 신분증을 내보여야 할 일이 있으면 주민등록증 대신 운전면허증을 꺼냈다. 면허를 따자 아빠가 10년 동안 타던 차를 주셨다. 보험료며 기름값에 입이 떡 벌어졌지만 교통편이 여의치 않은 새벽 출근길엔 연로한 차의 노고에 감지덕지했다.

악몽이 아니었으면 수영도 운전도 배울 일이 없었을 테니 이게 다 악몽 덕분이라고 해야겠다. 배워둔 걸 현실에서도, 무의식 속에서도 활용할 수 있으니 일석이조였다.

얼마 뒤 나는 또 꿈속에서 운전석에 앉아 있었다. 내가 탄 차는 도로 위를 돌진했다. 이제 악몽을 끝낼 시간이다. 브레이크를 꾸욱 밟았다. 악몽은 이제 정말 끝…이어야 하는데? 브레이크가 말을 안 듣는다. 차는 멈추지 않았고 앞차와 부딪히는 순간 잠에서 깼다. 식은땀이 났다. 예상치 못한 변수였다. 운전을 배운 나는 브레이크가 망가져서 사고가 날 수 있다는 사실도 알게 됐다. 그 이후에도 몇 차례 브레이크가 들지 않아 사고가 나는 꿈을 꿨다. 이놈의 인생. 꿈속에서조차, 뭐 하나 뜻대로 되는 게 없다.

사랑니와 누렁니

이제껏 일하며 들은 가장 날카로운 말을 꼽으라면 두 가지가 떠오른다. 단어 자체가 무시무시하진 않았지만 아직도 머릿속에서 재생된다.

"복사를 멍청이같이 해가지고!"는 첫 다큐를 할 때 창백한 달걀 작가로부터 들은 말이다. 말 자체보다 높은 데시벨 때문에 기억에 남는다. 실험 촬영에서 참가자들이 작성한 설문지를 복사해 연구팀에 넘겨야 하는데 내가 복사를 잘못해 순서가 섞였다. 변명하자면 나는 덜덜 떨며 실험 촬영을 진행하느라 설문지가 어떤 순서로 걷힌 건지 헷갈렸다. 실험 내용은 알고 있으니 나름 머리를 굴려가며 복사했는데 결국 사고가 난 기다. 연구팀에서 복

사가 잘못된 것 같다고 연락이 왔다. 죄송하다고 다시 복
사해서 가져다주겠다고 말하곤 달걀 작가에게 바로 이실
직고했다. 하필 하루 종일 외부에서 촬영하고 밤늦게 돌
아가는 길이었다. 달걀 작가는 입을 비뚤게 꿰매고 있다
가 방송국에 돌아와서는 분을 못 참고 소리를 질렀다.

"꽥-!"

피디도 놀라고 스스스 조연출도 놀랐는데 역시 내가
가장 많이 놀랐다. 지금까지 함께 일한 메인작가 중 유일
하게 내가 두 번 다시 연락하지 않는 사람이다. 그 작가
는 주말에 일이 있든 없든 나를 출근시켰다. 주말에 가보
면 우리 팀에선 나 말곤 아무도 출근하지 않았다. 할 일
이 없었기 때문이다. 심지어 나를 출근시킨 그 작가도 안
나왔다. 오후에 갑자기 출근했는지 확인할 때가 있기 때
문에 난 그냥 그렇게 멀거니 사무실에 앉아 있었다. 주
말이라 난방도 되지 않았다. 혼자 덜덜 떨며 나름 칼퇴를
하겠다고 빈방에서 시침 분침을 뚫어져라 바라보던 나는
정말 멍청이였다. 그 일이 첫 방송작가 일이라서 다른
팀도 다 그런 줄 알았다. 여러 다큐팀 중 불행히도 우리
팀만 단독 방을 썼기 때문에 다른 예시를 볼 수 없었다.

나만 그렇게 일했다는 사실은, 1년 뒤 다른 팀에 가서야 알았다. 어느 날은 달걀 작가가 오후 느지막이 출근하더니 해가 저물 때까지 시댁 욕을 했다. 나는 가만히 앉아서 들었다. 분이 좀 풀렸는지 나를 거느리고 장을 본 뒤 밤늦게 집에 갔다. 그 작가가 해준 여러 이야기 중 특히 기억에 남는 건 학창 시절 다른 친구를 왕따시킨 이야기였다. 입엔 미소를, 목소리엔 당당함을 실어 그 일을 자랑했다. 이 작가가 과거에 그랬다는 사실보다, 그 일을 지금 이렇게 말할 수 있다는 사실이 더 충격적이었다.

나는 자주 그 작가의 장 보는 자리, 쇼핑하는 자리, 친정에 놀러 가는 자리, 시간 때우는 자리에 함께했다. 아직도 대체 왜 나를 친정에 데려갔는지 모르겠다. 심지어 신혼집에도 데려갔다. 내가 콜록거리는 게 새끼 고양이를 키우기 시작해서라고, 그 고양이 당장 갖다 버리라고 백 번 정도 말하더니, 안 되겠다며 너는 주말에 우리 집에서 자라고 했다. 그리하여 주말에, 나를, 본인의 신혼집에, 데려갔다. 일요일 오후엔 나를 이끌고 속눈썹 연장 시술을 받은 숍에 갔다. 나는 근처 카페에서 달걀 작가의 속눈썹 리터치가 끝날 때까지 기다렸다. 꼬물거리는 나의 고양이가 너무 보고 싶어서 눈물이 날 지경이었다. 그 작가는 내가 너무 가라앉아 있는 것도, 너무 들떠 있는 것도 싫어했다. 나는 강-약-중강-약을 조절하는 법을 배웠다. 그 1년은 사랑니 같았다. 아직 어렸던 내가 처음 겪어본 통증. 살을 째고 실체를 보면 별것도 아닌데. 너 따위가 나를 그렇게 괴롭혔다니, 허망했다. 일이 끝난 뒤엔 앓던 이가 있기나 했었냐는 듯 멀쩡해졌다. 몇 년 후 주말에 우연히 그 작가를 쇼핑몰에서 마주쳤다. 옆엔 다른 막내작가를 거느린 채였다.

"반년이 지났으면 이제 좀 나아지는 게 있어야 하는데…"는 지금껏 내가 가장 잘해내고 싶었던 일을 할 때 들은 말이었다. 조곤조곤 노곤노곤 한숨 같은 낮은 목소리였다. 일을 시작한 지 반년이 지나도 나는 나아지는 게 없었다. 차라리 잘하고 싶은 일이 아니었다면 그렇게 슬프진 않았을 것 같다. 허둥대고 있다는 걸 나 스스로도 느꼈다. 내 한마디에 분위기는 싸해졌다. 헛소리를 지껄이는 나는 악당보다 못난 엑스트라였다. 작가님은 기다려주려고, 이해해주려고 했지만 답답한 마음에 그만 진심이 흘러나왔다. 나를 비난하려던 말이 아니었다. 있는 그대로의 사실, 그 당시 나의 엑스레이였다. 나아지지 않아서 작가님은 힘들었고, 나아지지 않아서 나는 계속 앓았다. 지금 생각해도, 내가 그 말을 못 알아들었으면 좋았겠다 싶다. 그 순간 뭔가를 떨어트려서 그 말이 다른 소음에 섞였다거나… 갑자기 촬영 현장에서 전화가 왔다거나… 아니면 차라리 내가 눈을 뜨고 졸고 있었더라면…. 하지만 그런 행운은 없었다. 불행히도 그 말은 정글처럼 촘촘하던 정적을 사납게 쳐내곤, 숨어 있던 내 달팽이관으로 자비 없이 달려들었다. "반년이 지났으면 이제 좀 나아지는 게 있어야 하는데…." 음파가 내 귀에 닿았고 진동을 뇌가 해석해 온몸으로 의미를 헤아렸다. 찌릿찌릿. 작업실이 아닌 치과 의자에 앉은 기분이었다. 평소 감각하지도 못했던 곳곳이 소름 끼치게 시려 왔다. 나는 그동안 제대로 갈고닦지 못한 죄로 치부가 갈려나가는 누렁니였다. 지잉지잉. 시리고 아파 눈물이 찔끔 나는 걸 간신히 참았다. 못 참고 방치하면, 갈려나가지 않으면, 썩어 문드러질 것 같아서 꾸욱 참았다. 이후에 나는 더 꼼꼼히 갈고닦으려 노력했다. 보탬이 되려고 애썼다기보단, 또 다른 골칫거리가 되지 않기 위해서였다. 부끄러운 누렁니가 드러날까 봐 제대로 웃지도 못했다. 반년 즈음 더 지났을 때, 일은 무사히 끝났다. 내가 잘해서는 아니었고 끝날 때가 되어 끝난 일이었다.

　누구와 어떤 일을 하든, 그 사람과 대화를 많이 하든 안 하든, 상처받는 일은 늘 생겼다. 상처받으려고 작정한 사람인 것처럼 항상 그랬다. 어떤 말이 얼마나 아프게, 어떤 식으로 콕콕 쑤시고 찌르는지는 매번 달랐다. 백 가지 말이 백 가지 다른 방법으로 각자의 지잉지잉을 수행했다. 그리고 그게 얼마나 아팠든지 간에 모든 지잉지잉은 결국 무뎌졌고 대부분 잊혔다. 그럼에도 맷집 같은 건 생기지 않아서 나는 아직도 일하면서 지잉지잉 한다. 무뎌질 걸, 잊힐 걸, 괜찮아질 걸, 미안할 걸 알면서도 매일같이 징하게 주고받는다. 그놈의 지잉지잉.

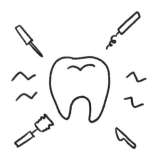

판의 미로

　나는 아침형 인간인가, 저녁형 인간인가. 뭐든 상관없다. 먹고살기 위해 나는 어떤 인간이든 될 수 있었다. 평소 새벽 5시에 잠들어서 오후 1시에 일어나니, 절대 아침형 인간은 될 수 없다고 단언하던 나는 새벽 2시에도 일어나 출근할 수 있는 새 나라의 직장인이 되었다.

　내가 절대 못 한다고 손사래 쳤던 일들의 대다수는 굳이 할 필요가 없는 일이었다. 물리학과 죽음의 관계를 조사하거나 살인자가 앉아 있는 재판을 지켜보는 일, 부검 감정서를 만들고 생판 모르는 사람의 전화번호를 물어보고 외딴섬의 절벽 끝에 서는 일 같은 건, 그전에는 굳이 내가 할 필요가 없는 일이었다. 나는 꽤 덤덤하게 많은 일을 할 수 있었고 내 앞에 놓인 일은 그게 뭐든 해야 한다고 생각했다.

　방송작가의 '일'은 이건 업무고 이건 아니고를 정확하게 나눌 수 없어서 무한대로 뻗어나가는 소수점 같았다. 그 '일' 아래 나눠진 소소한, 무한의 업무들은 내가 하리라 생각했던 범위를 넘어섰다. 첫 다큐를 할 때부터 그랬다. 다큐 중간중간에 들어갈 이미지가 필요했는데 추상적이든 현실적이든 죽음을 떠오르게 하는 이미지를 찍는 건 난해했다. 화장터에도 가고 무덤에도 가고 절벽에도 갔다. 제작비가 부족하니 출연이 필요한 촬영은 제작진을 최대한 활용했다. 막내작가였던 나는 몽환적이고 몽롱하고 알 수 없는 여러 장면에 등장했다. 사후세계에 들어선 길 잃은 영혼처럼 갈대밭 한가운데를 헤맸고, 삶의 회오리를 췌장까지 받아들일 듯 세찬 바닷바람을 맞으며 절벽 끝에 양팔을 벌리고 섰다. 높은 곳을 무서워했고 한 발만 내디뎌도 죽을 것 같았지만 도깨비 피디가 "잠깐이면 된다"고 했기에, 그 말을 믿고 한 시간 동안 절벽 끝에 휘청이며 서 있었다. 그 후로도 작가 일을 하며 여러 감정을 마주했지만 쉽게 지치지 않았다. 몽롱한 정신으로 편집실 창밖이 밝아오는 걸 보면서 나는 내가 처음으로 마주하게 될 새로운 판이 코앞에 닥쳤다고 생각했다. 그래, 이번만 깨면, 이것만 깨면, 그래 이것만 깨면 진짜…!

아무리 해도 이번 판은 끝나지 않았다. 가도 가도 같은 곳을 맴돌고 네모난 화면에 갇혀 뿅뿅 제자리걸음만 했다. 이것저것 내가 할 수 있는 건 다 한 것 같은데. 머리 위에서 황금이 터지며 경박한 효과음과 함께 다음 판으로 넘어가야 하는데. 구석구석 발을 굴러도 대체 어디서 어떻게 해야 다음 판으로 넘어갈 수 있는지 알 수 없었다. 뭔가 큰 오해가 있었다. 애초에 레벨 업 같은 건 없었던 거다. 나는 깰 수 없는 지루한 게임기를 손에 쥐고 땀을 뻘뻘 흘리며 용을 썼다. 내가 물리쳐야 할 어마어마한 왕 같은 건 없고, 입을 나불대며 나를 물어뜯으려 하는 적들만 요리조리 피해 다니면서 그냥저냥 살아남고 있었다. 앞으로도 나는, 나에게 주어진 이 허름한 배경 안에서 평생

뿅뿅 위로 갔다 아래로 갔다 옆으로 갔다 그렇게 왔다 갔다만 하다가 실수로 죽지나 말고 살아야 하는 거였다.

　드라마 보조작가 일이 끝나고, 5년 차 작가가 됐을 때였다. 앞으로 나아가지 못하고 그저 같은 곳을 맴돌고 있다는 생각에 지쳐가고 있었다. 길을 잃고 터덜터덜, '이제 돌아가야겠다'고 생각했지만 어디로 돌아가야 하는지조차 몰랐다. 앞으로 나아가고 싶지도, 나아갈 궁리를 하고 싶지도 않았다. 내가 어디쯤 왔는지도 모른 채 주저앉았다. 얼마나 이렇게 주저앉아 쉬어야 다시 내 호흡을 찾을 수 있을까, 이대로 내 안에 있는 숨을 다 내뱉고 영영 쓰러져버리는 게 아닐까, 무서웠다. 새로운 상황을 마주할 때마다 캐릭터를 바꿔가며 일했더니, 이젠 원래의 내가 어떤 모습이었는지도 생각나지 않았다. 스트레스를 받을 때마다 겨드랑이가 찌릿찌릿했다. 일이 끝나자마자 유방암 검사를 받았다. 분명 별일 없을 거라고 생각하면서도 무서웠다. 이상 없다는 검사 결과를 듣고 혼자 집으로 가는 길에 훌쩍훌쩍 눈물이 났다. 마음이 놓여서가 아니었다. 지금까지 나는 내가 일을 하며 받은 스트레스 때문에 죽을 수 있다고 생각하면서도 계속 일을 해왔던 거다. 더 이상 방송작가 일을 하지 않기로 했다.

✳

    화면에 'LOSER!!'라며 방정맞은 글자가 박히는 것 같았지만 괜찮았다. 나는 로그아웃을 했다. 모든 기록이 삭제되어도, 내가 기껏 키워온 나의 캐릭터가 죽어도 상관없었다. 모아둔 생활비로 얼마간은 버틸 수 있었다. 일이 끝난 뒤에도 다른 일을 잡지 않은 나는 주말에도 연락이 올까 봐 초조해하는 일 없이 영화를 봤다. 천천히 밥을 먹었다. 메시지가 왔다는 알림 소리를 들었지만 확인하지 않고 조용히 책장을 넘겼다. 언니와 함께 쇼핑몰에 가서 이런저런 옷을 입어보고 사지도 않을 작고 쓸모없는 소품들을 유심히 구경했다. 비 오는 여름, 카페에서 시원한 아이스 바닐라라테를 마시며 노트에 고양이를 쓱쓱 그렸다. 부모님은 "그래서 넌 이제 앞으로 뭘 해서 먹고 살 거냐"고 재촉하지 않았다. 마음을 놓고 있던 차에 남자친구가 "앞으로 뭘 하고 싶어"라고 물었다. 나는 잠자코 있다가 굴욕적인 듯 "돈 떨어지면… 다시 작가 일 해야지…" 했다. "아니, 해야 하는 거 말고. 돈을 생각하지 않으면, 뭘 하고 싶어?" 그는 다시 물었다. 성인이 된 이후 내가 뭘 하고 싶은지 생각한 건 그때가 처음이었다. 꼼꼼히 몸 이곳저곳을 닦으며 샤워하다가 문득 생소한

촉감에 '내가 평소에 이쪽은 안 씻었나 봐…!' 싶은 느낌이었다. 왜 그동안은 신경 쓰지 않았는지, 꼼꼼히 나라는 사람을 다시 더듬어보았다. 돈을 벌지 않아도 된다면, 그냥 노는 거 말고, 그 많은 시간에 나는 대체 무슨 일과 내 인생을 맞바꾸고 싶을까. 한참 고민하다가 대답했다.

"그림 그리고 싶어."

그날 집에 돌아와 고등학생 때 쓰던 오래된 색연필을 꺼내 들었다. 다음 날까지 꼬박 하루가 넘게 걸려 그림 하나를 완성했다. 조악해 보였지만 종이 한가득 색을 메운 그림이 마음에 들었다. SNS에 그림을 올렸다. 그 그림을 보고 연락이 왔다. 누군가의 소중한 글에 내 그림을 곁들이기로 했다. 내 생애 첫 삽화 작업이었다.

만년 손님

방송작가는 프리랜서다. 유명한 드라마 작가나 특수한 계약직을 넉넉히 제외한다 해도 90% 넘는 방송작가가 프리랜서다. 너무 '프리'하다 보니 어떤 근로기준법에서 도 자유롭다. 면접을 보고 일을 시작해도 대부분이 근로 계약서를 쓰지 않는다. 4대 보험? 없다. 연차, 반차, 없다. 일주일 밤을 새우는 한이 있어도 초과근무 수당은 100원 도 없다. 새벽에 퇴근하게 되면 가끔 피디의 기분에 따라 택시비 명목으로 만 원짜리 한 장 손에 쥐고 가는 날이 있을 뿐이다. 이런 마당에 보너스는 받느냐고 물어보면 약 올리는 거다. 그렇지만 일하는 시간만은 정규직 직원 과 같거나 길다. 처음 일한 방송국에서는 심지어 출입 카 드도 안 줬다. 사원증을 안 주고 방문증을 주는 거다. 방문증엔 굵게 '손님visitor'이라고
쓰여 있었다. 프리랜서는 회
사에 오가는 객이었다. 외부
에서든 내부에서든 방문증
을 목에 걸고 있는 건 좀 민
망해서 그 앞에 명함을 살포시
꽂아두었다.

　방송국이 프리랜서 작가를 가족처럼 대하는 유일한
시간은 일할 때다. 일할 때만 되면 한집 사는 가족처럼
삼시 세끼를 함께 먹으며 낮이고 밤이고 동고동락하려
한다. 여타 회사 중에서도 '가족같이 일해야 한다'고 말
하는 곳이 많다. 피차 부질없는 말이다. 그런 말을 하는
곳이라면 이미 가족같이 일하고 있을 거다. 잠이 모자라
피곤해 죽겠는데 쓸데없이 안 웃긴 메시지나 짤 같은 걸
보내고, 잔소리에 상처 주는 말을 서슴없이 하면서도 항
상 붙어 있어야 하는 관계. 혈연보다 징한 금연金緣으로
얽혀 있어서 간절히 끊고 싶지만 차마 그럴 수 없는 관
계. 가족같이 일하자는 말은 네가 무상으로 희생할 수 있
는 최대치를 해보라는 말이다. 나는 손님이든 뭐든 상관
없었다. 어차피 거의 모든 작가가 다 프리랜서니까. 정규

직과 비정규직의 차이에 대한 개념이 없었다. 첫 명절이 오기 전까지는.

　방송국 소속인 피디들의 책상엔 상여금 봉투나 선물 상자가 놓여 있다. 다른 팀 조연출이 대표로 선물세트를 산처럼 쌓아 끌고 온다. 조연출은 대부분 계약·파견직이라 방송국이 아닌 소속된 외주업체에서 준비한 명절 선물을 나눠 갖는다. 작가는? 각자의 책상에 조용히 앉아 있다. 그럴 때가 가장 뻘쭘하다. 다 같이 밥 먹으러 갔는데 내 밥만 안 나온 것 같은 상황. 다른 사람들 먹는 거 보기도 뭐하고 그렇다고 매직아이 하듯 초점을 흐려서 멍 때릴 수도 없고…. 그럴 땐 사실 먼저 밥 먹고 있는 사람도 좀 신경 쓰이기 마련이다. 스스스 조연출이 다가오더니 쓸데없이 인터넷 실검을 보고 있던 나에게 올리브유 상자를 건넸다. 모르는 척, "이게 뭐예요? 작가도 주는 거예요?" 물었더니 "아니. 나 집에서 요리 안 하니까 너 가져" 했다. 최대한 태연하게 앉아 있었지만 불쌍해 보였던 게 분명하다. "조연출님 거잖아요. 괜찮아요. 저도 요리 안 해요" 했지만 숨겨왔던 나~~의~ 소중한 존심이 내게 말했다. '으으, 서럽다 서러워!'

고향 집에 내려갔는데 언니는 회사에서 받아 온 한우를 부모님 앞에 턱 들이밀었다. 자식 키운 보람이 있다며 다 같이 한우를 구워 먹을 때, 나는 또 매직아이를 하고 싶었다. 명절이 오기 전까진 그런 일들이 신경 쓰이지 않을 줄 알았다. 가족같이 일했지만 프리랜서 작가는 결코 가족이 될 수 없었다. 그렇게 한 방송국에서 약 3년을 일하고 그만둘 때도 퇴직금은 없었다. 이후 새로운 방송국에 출근한 건 아침 뉴스 일을 하면서다.

　　아침 뉴스를 시작하게 된 계기는 갑작스러웠다. 첫 삽화 일을 마친 나는 그림 일이 들어오길 기다렸다. 간절히. 사실 삽화를 한 번 그리고 나면 그림 일이 계속 들어올 줄 알았다. 이제 다신 방송작가 일을 안 해도 되겠구나, 내가 좋아하는 그림을 그리면서 먹고살 수 있겠구나 했는데 연락이 안 왔다. 슬슬 생활비도 떨어져가고 초조해지던 차, 드디어 기다리고 기다리던 그림 일이 들어왔다. 마감 기간과 페이까지 모두 이야기하고 작업을 시작하려는데 편집자가 작업 사양은 먹 1도로 생각하고 있으며 도수는 협의해서 진행하자고 연락해왔다. 나는 무슨 말인지 이해하지 못했다. 그래서 답변을 보냈다. 이전 책이 나의 첫 그림 작업이었으니 용어에 대해 좀 더 설명해주십사 하였고, 한동안 대답이 없었고, 초보라 안 되겠다고 뒤늦은 연락이 왔고, 그림 일은 그렇게 증발했고, 나의 눈물 자국도 증발할 때쯤 오기로 작가 일을 알아봤고, 그날 밤 바로 이력서를 보냈고, 다음 날 연락이 왔다. 아침 뉴스팀 메인작가님의 전화였다.

아침 뉴스팀 메인작가 이력서를 보니까 다큐나 드라마 같은 장기 프로그램을 해왔는데, 왜 짤막한 뉴스팀 코너작가를 하려고 해요?

뭐라고 대답해야 하나 생각하고 있었는데 말이 먼저 술술 나왔다.

나 구인 공고에 퇴근 시간이 정확하고 업무 시간 외에 연락을 안 한다고 적혀 있어서요. 제가 사실 방송작가 말고 그림 일이 더 하고 싶어서 오전에 퇴근하고 낮에는 그림 그리려고요. (나는 분명 생각만 하고 있었는데… 지금 말로 나온 건가… 내 귀에 방금 내 목소리가 들린 것 같은데…)

아침 뉴스팀 메인작가 맞아요. 낮 시간 활용하기 좋지. 그런 생각으로 지원한 거면 오래 일할 수 있겠네. 내일 오전에 시간 괜찮아요?

다음 날 면접을 보고, 그다음 날 일을 시작했다. 나는 아침 뉴스 후반부에 나오는 해외뉴스 코너를 맡았다. 담당 피디에게 중간중간 아이템이나 원고를 확인받는 것 외에는 거의 혼자 하는 일이었다. 결국 또 방송작가 일을 하는구나 싶었다. 지긋지긋한 일상이 다시 시작되려고 하는데, 행정팀에서 출입증에 넣을 거라며 사진을 받아 갔다. 며칠 후 빙긋 웃는 내 사진 아래 '김○○ 작가'라고 적힌 출입증을 받았다. 아무도 안 볼 때 기념으로 사진을 찍었다. 명절이 되니 보도국 사장 이름으로 햄과 참치 캔 선물세트가 왔다. 여름과 겨울엔 일주일간의 정기 휴일도 주어졌다. 이 정도만으로 나는 감동했다. 방송작가 일을 시작한 이래 몸과 마음이 가장 편했다. 새벽 3시가 좀 넘은 시간에 출근했지만 그만큼 일찍 퇴근하니 그리 힘들지 않았다. 오전에 퇴근하면 일찍 출근한 건 까맣게 잊고 하루를 버는 기분이었다. 퇴근한 후에는 정말 아무도 나를 찾지 않았다. 일하는 시간이 이렇게 명확히 나누어진 건 처음이었다. 방송 직전의 따끈한 뉴스를 다뤄야 하니 전날 미리 준비할 것도 없다. 퇴근 이후 낮 시간에는 잠을 자거나, 책을 읽거나, 쇼핑을 하거나, 수영장에 가거나, 그림을 그렸다. 뉴스 일을 시작한 뒤 반년이 지났을 즈음 그림 일이 들어왔는데 두 가지 일을 병행하는 건 전혀 힘들지 않았다. 어쩌다 다시 시작한 방송작가 일이지만 이 정도면 괜찮다 싶었다. 아침 뉴스팀은 결코 가족같이 일하지 않았다. 차라리 명절에 가끔 보는 먼 친척에 가까웠다. 꼭 필요한 일이 아니면 서로 연락하지 않고, 각자 할 일을 할 뿐이다. 주말을 제외하곤 매일 출근하지만 자리가 가까운 사람이 아니라면 서로 얼굴을 못 보고 퇴근하는 경우도 많다. 그렇기에 어쩌다 복도에서 마주치면 반갑기까지 하다. 같이 커피를 마시거나 밥을 먹는 것도 가끔 있는 일이다. 아, 일은 이렇게 해야 하는 거였다. 가족같이 말고, 사돈의 팔촌만큼 먼 친척같이.

처음 방송작가 일을 시작했을 때 내 월급은 100만 원 정도였다. 그전에 했던 알바보다 수입이 적었다. 연차가 쌓일수록 의욕이 꺾인 이유 중 하나가 낮은 급여 때문이었다. 조금씩 오르긴 했지만 5년 차 때까지 내 월급은 일하는 시간 대비 최저임금에도 미치지 않았다. 물론 작가마다, 프로그램 제작비 상황마다 다르겠지만 적어도 나는 그랬다. 그마저도 방송국의 메인작가들이 힘을 모아 끌어올리고 올린 금액이었다. 나의 작은 바람이 있다면 월급이 200만 원을 넘는 거였는데. 아침 뉴스팀에서 일하며 세금을 제한 후에도 200만 원이 넘는 월급이 들어왔다. 그래도 여전히 부족한 것들이 많다. 근로계약서나 퇴직금, 4대 보험 같은 기본적인 것들. 없는 게 너무 당연해서 없다고 말하는 것조차 새삼스럽다. 마치 내가 고개를 꺾어 내 궁둥이를 뚫어져라 바라보다가 "나는 꼬리가 없어"라고 말하면 "빙구야, 그걸 말이라고 하니?"라는 반응이 나오는 것처럼. '없다'는 게 그렇게나 당연하다. 한번은 친구가 "방송작가가 프리랜서라서 좋은 점이 뭐야?" 하고 물어서 항상 생각해왔던 대답을 했다.

"내가 그만두고 싶을 때 그만둘 수 있어."

공수래공수거. 아쉬울 게 없으니 떠날 때도 훨훨 미련이 없다. 친구가 의아하다는 듯 대답했다. "그건 누구나 그렇지 않아?" 앗… 그렇지. 정규직도 그만두고 싶으면 그만둘 수 있구나. 공수래공수거는 개뿔. 빈 수레는 서럽고 요란하기만 하다.

6년 차 막내

2013년 겨울에 일을 시작한 나는⋯ 일을 쉰 기간을 감안해도 6년 차 방송작가이자 여전히, 작가진의 막내다. 다큐팀에서는 메인작가와 막내작가뿐이었으니 당연히 막내. 잠시 했던 교양물도 메인작가와 서브작가뿐이라 또 막내. 드라마 역시 메인작가와 보조작가뿐이었으니 역시 막내(나보다 한 살 어린 보조작가 친구도 있었지만 우린 그저 다 같은 막내일 뿐). 아침 뉴스팀에 왔더니 역시나 네 명의 작가 중 내가 가장 나이가 어렸다.

막내. 이 말의 어원은 막무가내, 막막하네, 막 부리네 등으로 예로부터 구성원 중 가장 어린 이에게 잔심부름을 시키던 행태에서 유래되었다. 내 생각이다. 국어사전에 정말 이렇게 나왔다면 100년 이후까지 내다본 선조들의 통찰력에 벅찬 마음이 들었을 거다.

먹이사슬의 하위권에 있는 초식동물은 항상 귀를 쫑긋 세우고 주변 소리에 민감하게 반응한다. 작가님 가라사대, "어흐, 추워…" 라고 하셨다. 나는 일을 중단하고 급히 방재실에 전화를 걸어 온도 좀 높여달라고 한다. 잠시 후 작가님  은, "아우~ 야, 너무 덥다"라며 후기를 남겨주신다. 못 들은 척하기로 한다.

다 같이 밥을 먹으러 갔다. 어둠 속에서 때가 오기를 기다리고 있던 숟갈과 젓가락 친구들을 세상 밖으로 끌어내는 것은 당연지사 나의 임무이다. 포근하게 티슈 위에 수저를 눕힌 뒤, 제사상에 술 올리듯 인원수에 맞게 물잔을 올린다(더 이상 구천을 떠돌지 말고 한시 빨리 너희 집에 가시옵소서).

밥 먹으며 TV를 보는데 치킨 광고가 나온다. 작가님

가라사대, "가장 잘 팔리는 치킨 브랜드는 뭐지?"라고 물으셨다. 나는 밥풀때기가 처량하게 붙어 있는 숟가락을 단호하게 내려놓고 검색한다. 황급히 찾아 말씀 올린다. 경건하고 감사한 마음으로 한 끼 식사를 마쳤는데 왜인지 속이 허하다. 막내의 직업은 막내가 아니다. 그럼에도 은연중에 내가 방송작가 겸 막내로 '투잡'을 뛴다고 생각하는지 본인의 일이 넘치거나 도움이 필요한 이들은 항상 내 이름을 부른다. 과유불급이라 하였거늘 일터의 막내는 조금씩 과한 감이 있어야 한다. 남보다 빠르게 밥상 준비를 마치고, 남모르게 울적한 기분에도 웃을 줄 알아야 한다. 그래도 이 정도면 막내의 평온한 일상이라 볼 만하다. 하지만 천적은 어디에나 도사리는 법. 맹수는 항상 제 모습을 숨기고 조용히 움직이기 때문에 한눈에 알아보기가 쉽지 않다.

아직 어린 동물일수록 쉬이 표적이 된다. 2년 차 작가 때의 일이다. 첫 다큐 작업이 끝나갈 즈음 어느 팀으로 넘어갈지 아직 정해지지 않아 초조한 차에, 평소 얼굴만 알던 피디가 먼저 함께 일하자고 제안해주었다. 큰 상을 받은 꽤 유명한 다큐 피디였기에 감사한 마음으로 그러겠다고 했다. 그때만 해도 유명한 사람이면 상식적일 것이라고 생각했다. 함께 일하기로 결정한 뒤 본격적인 제작에 들어가기 전, 좀 여유롭던 시기에 피디가 조심스럽게 도움을 요청해왔다. 아들이 과학경시대회인지 뭔지에 나가는데 본인이 도와주려 해도 한글 프로그램을 잘 다룰 줄 몰라서 그러니 보고서 정리 좀 도와달라는 거였다. 내용이 다 있어서 금방 끝나는 일이라기에 알겠다고 했다. 그러곤… 갑자기 학부모 단톡방에 초대받았고, '우리 애들 일 도와주실 작가님'이라고 소개되었고, 보고서 내용을 처음부터 끝까지 다 써야 했고, 보고서 작성에 필요한 어마어마한 모형을 방송국 소품팀에 의뢰한 것을 알게 되었고…. 소품팀은 그게 피디의 초딩 아들을 위한 것이라곤 꿈에도 생각하지 못했을 것이다.

보고서를 넘기자 피디는 빨갛게 칠한 손톱을 번뜩이며 찐한 분홍색 봉투를 내밀었다. "이게 뭐예요?" 물었더니 "고마워서"라고 대답했던 것 같다. 그 순간 든 생각은 '지금 이걸 받으면 정당한 대가를 지불했다면서 미안해하지도 않겠지'였다. 돌이켜보면 차라리 그거라도 받을걸 그랬다. 이후 파워포인트 자료까지 만들어달라기에 거절했고, 그 일은 다른 팀 조연출에게 넘어갔다. 그 조연출은 시간을 들인 게 아까워서라도 받을 건 다 받았다고 했던가. 빨간 손톱 피디가 비밀로 해달라고 했지만 담당 피디에게 모두 말했다고 했던가. 담당 피디가 이 사실을 알고 분노했지만 별일은 없었다고 했던가…. 빨간 손톱 피디와는 일을 못 하겠다 싶었다. 어떻게 마무리를 지어야 하나 고민이 되어, 도깨비 피디에게 이러이러해서 그 피디와는 일을 못 할 것 같다고 말씀드렸다. 조용히 듣던 도깨비 피디가 "그 정도는 해줄 수 있지 않나?" 했다. 목구멍이 턱–, 후벼 파지 않는 한 절대 나오지 않을 코르크 마개로 꽉 막힌 기분이었다. 달걀 작가마저도 "그 피디님 원래 그래"라며 얼렁뚱땅 넘어갔다. 그때까지 멍하니 있었다면 "아아, 그렇구나" 하고 빨간 손톱 피디와 계속 일했을까. 여하튼 나는 그 일을 문제 삼지 않은 채, 제작 말미에 급히 막내작가를 구하던 다른 팀으로 자연스럽게 넘어갔다. 그곳에서도 역시 나는 막내였지만, 엄마와 동갑이셨던 피디님은 항상 "김 작가(혹은 ○○ 씨) 이것 좀 알아봐주세요"라고 존칭을 사용하셨다. 그 피디님과 일할 때만큼은 막내작가가 아닌 그냥 작가였다. 심심할 때 TV 틀 듯 내 일상을 함부로 들춰보지 않았고 자동 음성인식 AI 백과사전처럼 대하지도 않았다. 그 피디님과의 일이 끝난 후 나는 다시 막내작가로 돌아갔다.

본래 나이가 어린 사람이 나이가 많은 사람만큼의 일을 하면 다들 놀란다. 꼬맹이가 고등학생의 수학 문제를 풀면 "천재구나!"라고 하는 것처럼. 하지만 성인이 되어 일을 시작하면 사람들은 사회 초년생이 경력 많은 사람만큼, 혹은 그보다 더 많은 일을 해내길 기대한다. 그쯤 되면 나이가 많든 적든 할 수 있는 일의 정도가 거기서 거기라는 걸 모두가 은연중에 알고 있는 것이다. 문제는 나이가 아니다. 본래 그 사람의 능력이다. 하지만 끝끝내 그 사실을 외면하고 싶은 사람들은 능력이 살아온 시간에 비례한다고 생각하며 막내들의 사지에 끈을 매달고 제 뜻대로 움직여주길 바란다.

　한 분야에 쭉 머무르지 않고 여기저기를 떠돈 덕에 나는 여전히 막내다. 그러지 않았다면 뭐가 달라졌을까. 막내는 벗어났을까. 나이가 어리다는 이유로 막냇동생처럼 막 대하지 않는 사람들이 더 많아졌을까. 나는 여전히 막내처럼 살아가야 할 예정이다. 앞으로 무슨 일이 벌어질지 모르며 천진난만한 채로. 사실 진짜 막내의 어원은 '이제 막 사람이 된 이'를 뜻한다. 마지막이 아닌, 이제 시작이라는 의미다. 물론 내 생각이다.

<u>스스스</u> 조연출

　지금껏 일하며 가장 기억에 남는 동료를 한 명 꼽으라
면 <u>스스스</u> 조연출이다. 조연출 겸 편집감독이었는데, 팀
이 바뀌는 와중에도 2년 동안 두 편의 다큐를 함께 만들
었다. 스물세 살. 막내작가로 방송국에서 일을 시작했을
때, 처음 <u>스스스</u> 조연출을 만났다. 면접 날 마중 나와준
<u>스스스</u> 조연출의 첫인상은 '부스스'였다. 다듬지 않은 더
벅머리에 가늘게 찢어진 작은 눈이
옛 일본 민화에 나오는 망나니 사
무라이 같아 보였다. 키는 멀뚱
하니 큰데 자세는 구부정해서 걸
을 때마다 휘적휘적 갈지_之자를 그
렸다. 분명 옷을 제대로 입고 있는데도 그

저 옷걸이에 걸쳐놓은 것처럼 흐느적거렸다. 본격적으로 일을 시작하고는 거의 매일, 하루 종일 스스스 조연출과 함께 있었다. 나와 여섯 살 차이가 났지만 그나마 내 또래는 그 사람뿐이었다. 달걀 작가는 조연출을 'OO 씨'라고 부르라 했지만, 씨씨, 하기가 뭐해서 꼬박꼬박 'OO 조연출님'이라고 불렀다. 말수가 적었는데 어디서든 소리 없이 스스스 나타났다가 스스스 사라졌다. 달걀 작가에게 스스스 조연출에 관해 물어봐도 별로 아는 게 없었다. 스스스 조연출은 소리도 소문도 없었다.

도깨비 피디는 점심 약속이 있을 때가 많았고, 달걀 작가는 주로 오후에 출근했기 때문에 대개 그 조연출과 둘이 밥을 먹었다. 매일 밥을 같이 먹다 보니 차차 스스스 조연출에 대한 정보가 늘어갔다. 영화를 전공했다는데, 원래 영화과를 나온 사람들이 다 그런 건지 유독 그 사람만 그런 건지는 모르겠지만, 염세적이었다. 농담을 해도 자학과 가학을 넘나드는 블랙코미디류의 이야기만 했고, 아무리 웃긴 일이 있어도 입을 크게 벌린 채 하하하 웃지 않고 큰 입을 양옆으로 찢으며 낄낄낄 웃었다. 그런데 또 묘하게 그 이야기와 모습이 우스워서 나는 위장을 비틀며 함께 학학거리며 웃어댔다. 아무렇게나 내던진 농담에 낚인 내가 꺽꺽거리면 스스스 조연출은 만족스러운 듯 입꼬리를 접어 올렸다. 감정 표현은 그 정도가 다였다. 칭찬을 들어도 꾸중을 들어도 별 반응이 없었고 함께 있는 사람이 즐거워하든 슬퍼하든 동요하지 않았다. 다른 사람에게 도움을 요청하지 못하는 건지, 안 하는 건지, 함께할 수 있는 일도 혼자 밤을 새워 준비했다. 그저 혼자 일을 해낼 뿐인데, 내 도움이 필요하지 않은 사람인 것 같아 멀게만 느껴졌다. 파문이 일지 않는 호수 같았고 그 아래가 얼마나 깊은지, 안에 무얼 숨겨두고 있는지 알 수 없었다.

조용하게 겨울과 봄이 지난 뒤, 여느 때처럼 둘이 저녁을 먹고 회사로 돌아가던 여름밤이었다. 무슨 얘기인가를 하며 나란히 걸어가는데 문득 올려다본 스스스 조연출은 여느 때처럼 입을 길게 찢어 웃고 있었다. 얼굴엔 나뭇잎의 검푸른 그림자가 군데군데 드리워 있었다. 밤바람이 시원했다.

본방송이 두세 달 앞으로 다가왔다. 촬영은 모두 마무리하고 막바지 작업이 한창이었다. 편집실과 숙직실에서 쪽잠을 자며 밤샘이 이어졌다. 달걀 작가도 편집구성안 수정 작업을 반복했는데, 필요한 장면으로 '절벽 끝에 서 있는 사람'이라고 써둔 것이 있었다. 방송국이 이미 가지고 있는 자료 영상 중 하나를 사용할 생각으로 쓴 것이 분명했다. 모두 그렇게 넘겼는데 하이킹을 좋아하던 도깨비 피디가 갑자기 눈을 번득이더니 "절벽? 어느 지역에 절벽이 있지?" 했다. 대체 어떤 의도를 가진 질문인가 싶어 다들 어리둥절했다. 도깨비 피디는 회의가 끝난 후에도 지도까지 찾아보며 열을 올리더니 갑자기 외딴섬으로 촬영 일정을 잡으라 했다. 하루가 급한 그 시기에 몇 분짜리 이미지 영상 하나 때문에 추가 촬영이라니. 직접 편집구성안을 쓴 달걀 작가조차 다른 그림으로 대체해도 된다며 손사래를 쳤지만 이미 도깨비 피디의 마음은 섬마을로 가 있었고, 그로부터 며칠 후 우린 진짜 섬마을로 향했다.

도깨비 피디와 스스스 조연출, 촬영팀과 내가 배에 올랐다. 인천에서 출발해 섬 몇 군데를 거쳐야 갈 수 있는 곳이었다. 밤을 꼬박 새우며 정신없이 지냈는데 하루아침에 풀벌레와 개 짖는 소리뿐인 적막한 섬마을에 있자니 순간 이동이라도 한 것 같았다. 산과 절벽에서 촬영하느라 몸은 힘들었지만 바닷바람을 맞으며 촬영하는 게 편집실에 갇혀 있는 것보단 나았다. 1박 2일의 촬영 일정을 마치고 돌아갈 생각을 하면 아쉬운 마음까지 들었는데, 그렇다고 진짜 돌아가지 못하게 될 줄은 몰랐다.

아직 촬영할 분량이 남았는데 비가 쏟아졌다. 촬영 일정이 하루 더 연장됐다. 비가 그칠 때까진 할 일이 없으니 촬영팀과 함께 숙소 지붕 아래에 있는 평상에 앉아 타라라락 시원하게 빗방울이 구르는 소리를 들었다. 촬영 준비로 정신없었는지 면도도 안 한 퀭한 얼굴의 스스스 조연출이 요리조리 스스스 스스스 미끄러지며 돌아다녔다. 딱히 할 것도 없는데 어디서 뭘 하는지 그의 모습이 안 보여서 나는 별 장애물도 없는 그곳을 두리번거렸다.

다음 날 다행히 비가 그쳤다. 인적 없는 해변에서 무사히 촬영을 마치자 다들 파도 소리뿐인 바다에 시선이 갔다. 모래사장에는 파도에 떠밀려 왔다가 돌아가지 못한 조개껍데기들이 흩어져 있었다. 오밀조밀 아기자기한 조개껍데기를 신중하게 살펴보는데, 멀찍이 있던 스스스 조연출도 뭘 찾는지 모래사장을 뒤적였다. 조개껍데기 두어 개를 줍고 뿌듯해져서 돌아가는 길, 스스스 조연출이 큼지막한 손바닥 위에 조개 구이집에서 볼 법한 커다랗고 뭉툭한 껍데기를 얹어 내밀었다. 그러고는 또 씨익 웃었다. 어쩜 정말 안 예쁘고 평범한 조개껍데기들뿐이었는데 나도 모르게 씨익 함께 웃었다. 심은 줄도 몰랐던 씨앗이 기대하지 않았던 잎을 내보인 듯 반가웠다. 다른 사람이 매일 해주는 칭찬보다 오랜 시간을 함께한 뒤 받은 조개껍데기 몇 알이 더 기뻤다. 시시각각 감정의 소용돌이가 휘몰아치는 나에겐 어지간한 파도도 일상적이었지만, 잔잔한 호수 같은 사람에게 일어난 작은 감정의 파문은 보는 이를 크게 울렁이게 만들었다. 다시 돌아와서는 또 정신없는 시간이 휘리릭 지나갔고 나는 다른 팀에서 스스스 조연출과 1년을 더 함께 일했다.

✳

알고 지낸 지 5년이 지난 지금, 스스스 조연출은 결혼을 앞두고 있다. 결혼 상대는 함께 일했던 작가인데, 웃기지도 않은 농담에 위장을 비틀 듯 그렇게 학학대며 웃었다고 한다. 그가 해변가에서 조개껍데기 몇 개 주워 준 걸 아직 간직하고 있다는데 책장 위에서 먼지만 쌓여 있을 게 뻔하다. 그러니 이사하면 다른 곳에 보관해야겠다. 고양이 손이 닿지 않을 곳이어야 한다. 방송이 끝나고 스스스 조연출과 헤어질 생각을 하면 아쉬운 마음이 들었는데, 그렇다고 정말 그와 결혼까지 하게 될 줄은 몰랐다. 은행에서 대출을 받기 위해 혼인신고는 식전에 미리 마쳤으니 이제 법적으로는 부부다. 지난 주말에는 신혼집에 놓을 가구를 함께 보러 갔는데 스스스 스스스… 소리 없이 다니는 바람에 금방 잃어버리고 말았다. 통화를 해서 겨우 다시 만났더니 멋쩍은 듯 씨익 웃으며 휘적휘적 걸어왔다. 잃어버리지 않게 손을 꼭 잡고 구경하다가 400원짜리 소프트 아이스크림을 하나 사서 나눠 먹었다.

미안하고, 고맙다고

　청첩장을 드리러 오랜만에 드라마 작업실에 갔다. 내게 항상 살갑게 대해주시던 다른 드라마 작가님 두 분도 오셔서 다 같이 밖으로 나가 고기도 먹고 커피도 마시고 반나절 동안 수다를 떨었다. 저녁 즈음 되니 다른 분들은 다 가고 작업실엔 셋만 남았다. 드라마 작업을 함께했던 우리 셋. 달 작가님과 지니와 나. 아, 다섯이다. 강아지 두 마리까지. 내가 그만둔 뒤로 달 작가님과 지니는 다음 드라마를 준비 중이다.

　나와 같이 보조작가였던 지니는 일하다가 배가 고파진다 싶으면 바삭바삭한 김치전이나 묵부침을 쓱쓱 만들었다. 내가 지금껏 먹어본 전 중에 지니가 해준 게 제일 맛있었다. 여하튼 그날도 하루 종일 떠드느라 기진맥진해서 작업실 의자에 쓰러져 있는데, 지니가 어느새 밤호박 속을 파내고 달걀이며 치즈를 넣어 쪄내 왔다. 점심에 고기를 잔뜩 먹어서 분명 배가 안 고팠는데도 나는 뭐에 쒼 듯 밤호박을 파먹었다. 몇 입 먹고는 지니를 빤히 쳐다봤다. 맛있다고 하면 으레 하는 말 같을 테니까 최대한 진지하게 지니를 뚫어져라 응시하며 눈빛으로 말했다. '너는 대단한 아이야. 너의 요리는 대단해. 너는 최고야.' 지니는 그런 나를 보고는 "그쵸, 언니. 저는 아무래도 요리가 적성인 것 같은데" 하며 키킥 웃었다. 그 자리에서 바로 지니가 알려준 웹사이트 링크를 통해 밤호박 10kg을 주문했다. 묵묵히 먹고 있는데 옆에 있던 달 작가님이 "맛있다고 대체 몇 번을 말해?" 했다. 나도 모르게 주문을 외듯 "맛있다… 맛있어… 맛있다…." 웅얼거리며 밤호박을 파먹고 있었던 거다.

달 작가님이 책은 언제 나오냐고 물어봐서 돌아오는 봄에 나올 것 같다고 말했다. 잘 쓰고 있냐고 하기에 "책이 필명으로 나오니까 힘들었던 일도 솔직하게 쓰는데, 언니는 제가 쓰는 책인 걸 아니까 드라마 얘긴 못 쓰겠어요!" 하고는 움찔해서 "음… 아… 드라마 작업은 힘들었던 게 없어서 쓸 게 없기도 하지요? 그래도 네잎클로버 얘기는 썼어요. 흐흐" 했다. 달 작가님은 방긋 웃으며 동그란 두 주먹을 가볍게 말아 쥐고 "이상한 거 쓰면 죽는다" 했다. 그러곤 "만 권이 팔리면 너는 얼마 받아?" 하고 물었는데 나도 잘 모르겠어서 오물오물하며 달 작가님을 빤히 봤다. '언니 저 수학 못하잖아요'라고 생각하며. 달 작가님은 알겠다는 듯 허공을 보고 눈을 또르릉 굴리며 "인세가… 그러면… 만 권이면… 곱하기…" 하며 계산했다. 작업실 식탁에 셋이 둘러앉아 TV를 보며 저녁을 먹는 게 참 오랜만이었다. 지니와 나는 밤호박을 파먹고 달 작가님은 흰 쌀밥에 오징어볶음을 올려 비벼 먹었다. 먼저 밥을 다 먹은 달 작가님이 내가 먹다 남긴 밤호박 껍질을 뜯어서 인내심 있게 기다린 강아지들에게 하사했다. 내가 없는 사이 그중 한 아이가 "손!"을 배워서, 재빠르게 작은 앞발을 짤깍 들어 올렸다. 지니가 "이렇게 셋이 있으니까 이상하다" 했다. 나는
"응 그러게" 했고 달 작가님은 "악몽이 떠오르지?!" 했다.

드라마 막바지 작업을 할 때, 일찍 도착하면 작업실 근처 공원에 앉

아 있었다. 1분이라도 늦추고 싶었다. 딱히 하는 일도 없으면서… 할 수 있는 게 없는 것 같아서 힘들던 시기였다. 그렇게나 오기 싫었던 작업실인데, 벗어나고 싶던 장소였는데. 나는 "일하러 오는 게 아니니까 친척 집에 놀러 온 것 같네" 하고 킥킥 웃었다.

일이 끝난 뒤, 달 작가님이 모든 비용을 내고 함께 여행을 가기로 했다. 지니에게 전화해 "나는 안 가고 싶은데…" 했었다. 지니는 "언니이…" 하며 가만히 듣고 있었다. 비행기표가 환불되지 않는다는 약관을 확인하고서야 비행기에 올랐다. 여행 중간에 달 작가님과 행선지가 갈라져 지니와 나, 둘만 장소를 옮겨 여행했다. 긴장이 풀려서인지 병이 났다. 온몸이 붕붕 열을 내뿜었고 나는 약국에 갈 생각도 못 하고 끙끙 앓았다. 기껏 여기까지 와서 이 꼴이라니. 나는 지니에게 예민하게 굴었다. 지니와 함께 가기로 예약해둔 곳이 있었는데 "오늘 거기, 너 혼자 가" 했다. 나의 서툰 영어 실력으로 일정을 짜고 예약해둔 건데… 덩그러니 지니만 보냈다. 혼자 잘 할 수 있을까, 걱정한 건 아주 잠깐이었다. 나는 조금 기운이 나면 근처 공원에 갔다가 다시 호텔로 돌아오곤 했다. 남은 시간을 그렇게 보내고 돌아오는 비행기에서 진땀을 흘리며 내리 갔다. 그리고 공항에서 지니와 헤어졌다. 눈치가 빠른 지니는 내 모든 감정을 보았을 텐데도 내색하지 않았다.

　밤호박을 파먹다 말고 지니에게 말했다.
　"그때 아팠던 게 아쉬워. 안 그랬으면 너한테도 덜 예민하게 했을 텐데."
　지니는 조용히 입꼬리를 올려 웃었다. 그때의 얘기를 살짝이라도 꺼낸 건 처음이었다. 피곤해서가 아니었다. 나는 심술이 나 있었다. 너무 잘하고 싶었던 일을 제대로 해내지 못한 나에게. 그런데 차마 그걸 인정하고 싶지 않아서 그 탓을, 어떻게든 다른 곳에 돌리고 싶었다. 처음엔 그렇게 하니 마음이 편했다. 내가 못한 건 환경 때문이었다고, 그리고 또 뭐랑, 뭐랑, 아 맞다, 그것도 저것도. 그렇게 한껏 부풀리고 아무 데나 던져놓은 그 기억을 다시 꺼내봤다. 시간이 지나니 바람은 다 빠지고 초라한 사실만 남아 있었다.
　저녁을 먹기 전, 지니와 강아지 두 마리를 데리고 건물 옥상에서 산책했었다. 무슨 얘길 하다가 지니에게 "나는 그때 아이디어 내는 게 너무 힘들었어" 했다. 오후인데도 햇볕이 너무 뜨거워 우리 둘은 그늘에 쪼그리고 앉아서 애기했다. 지니에게 이번 작업이 끝나면 너도 드라마를 쓸 수 있을 거라고 했다. 잘 모르겠다는 지니를 빤히 보며, '너라면 정말 할 수 있을 것 같아' 생각했다.

저녁을 다 먹고 배가 부르니 잠이 쏟아졌다. 달 작가님이 회의할 동안 작은방에서 자고 가라고 했다. 그러고 싶었지만 왠지 그러면 안 될 것 같았다. "언니 앞머리 올린 거 보니, 이제 일 모드네요. 호호. 갈게요" 하고 벌떡 일어났다. 물렁해진 발을 신발에 스물스물 밀어 넣으며 "홧팅!" 하곤 약 올리듯 얄밉게 웃고 나왔다. 가만히 엘리베이터 문 앞에 서서, 소리 없이 숫자를 바꾸는 안내 등을 빤히 쳐다보며 생각했다.

미안하고, 고맙다고.

빛 좋은 개살구

외숙모네는 50년 넘게 추어탕 집을 운영하고 있다. 어린 시절, 유리컵에 담긴 미꾸라지를 구경하고 있는데 보글보글 끓는 추어탕 냄비가 상에 올랐다. 한 숟갈 입에 넣고 우물거리다가 "엄마, 이게 모야? 딱딱한 거 있어" 했다. "응, 미꾸라지를 갈아 넣어서 그래. 그냥 꼭꼭 씹어 먹어. 괜찮아~" 미꾸라지가, 귀염둥이 미꾸라지가, 매끈한 손꾸락 같은 애기가 갈려서 내 입안에 있다니. 한 입을 먹곤 손도 대지 않았다. 몇 년 후엔 미꾸라지를 튀긴 추어튀김을 간장에 콕 찍어서 몇 입 먹었고, 또 몇 년 후엔 갈아서 추어탕(메뉴명이 그러하다)을 억지로 깨작깨작 먹었다. 수저를 놓고 식탁 앞에 구겨 앉은 나를 보고 외숙모네 큰오빠가 다가와 앉았다. 커서 뭐가 되고 싶냐고 물어보기에 수조 안 메기처럼 입만 뻥긋거렸더니 옆에서 엄마가 "얘 치과의사 할 거래~" 했다. 사육사나 백댄서를 포함해 그때 나의 꿈은 다섯 개 정도였는데, 엄마는 그중에 콕 찍어 치과의사를 말했다. 오빠는 "오~! 나중에 오빠 이도 고쳐줘" 했고 나는 종이 접듯 고개를 살포시 끄덕였다.

이후 외숙모네 추어탕집은 나날이 유명해져서 심심치 않게 방송 촬영을 했다. 다큐팀 막내작가로 일하던 어느 날, 할머니를 뵐 겸 외숙모네 집에 놀러 갔더니 큰오빠가 와 있었다. 가게에 촬영팀이 다녀간 이야기를 하더니 "보니까 막내작가가 온갖 허드렛일을 다 하더만. 완전 빛 좋은 개살구야~" 했다. 오빠 앞에 앉아 있던 바로 그 빛 좋은 개살구는 붉게 볼을 익히며 '아… 들켰네…' 생각했다. 그래서 얼마 뒤 외숙모 댁에 갔을 때 "요즘 일 어떠냐"는 질문에 나름 솔직하게 대답한답시고 "그냥 시다바리죠, 뭐~ 하핫!" 했다. 같이 앉아 듣고 있던 친척 언니가 놀라며 "어머, 무슨 말을 그렇게 해~ 열심히 하고 있으면서" 해서 나는 또 벌겋게 볼이 익었다. 그 뒤론 일에 대해 누가 물으면 그냥 "바빠요…" 하곤 수줍다는 듯 웃었다. 군이 앞에 (더럽게)는 붙이지 않았다.

　지난달 주말, 결혼식 전에 인사차 외숙모네 가게에 들렀다. 밥을 만 추어탕에 산초 가루를 꽉꽉 넣고 파김치 얹어 후루룩후루룩 두 그릇을 연달아 들이마셨다. 걸쭉해진 목소리로 "어으~ 링거 맞는 거 같네" 하고는 왠지 좀 민망해져서 시원 달달한 동치미를 얼음째로 들이켰다. 속에서 오른 열이 식지 않아 앞에 앉은 엄마의 동치미 얼음까지 으드득으드득 씹었다. "엄마, 전복 추어탕이 영양제보다 낫다" 하면서. 외숙모와 술잔을 나누며 추어튀김을 먹던 남편이 "저 어릴 때 통마리 추어탕(이 친구 또한 메뉴명) 먹고 코피 났어요" 했더니 다 같이 하하 웃었다. 그냥 같이 웃으면 될 걸 나는 "어휴~ 오늘도 통마리 추어탕 먹일 걸 그랬네에?" 하고 덧붙였다. 말이 끝나자마자 남편 동치미 그릇까지 후룩 들이켰다. 아무도 못 들었길.

　결혼식을 며칠 앞두고 남편에게 작가 일을 그만두지 않길 잘한 것 같다고 했다. 남편이 왜냐고 묻기에 "결혼식 날 어머님 친구분들이 '며느리는 뭐 하는 사람이냐'고 물어보면 백수보단 방송작가라고 하는 게 좀 더 낫잖아"

하고는 괜히 웃었다. 이 일을 시작한 지가 벌써 몇 년인데 엄마는 아직도 4대 보험을 아쉬워했다. 그만두고 다른 일 찾아보라는 말을 몇 번이나 들었는지 세어보지도 않았다. 그래도 엄마는 친구들이 작은딸 무슨 일 하냐고 물어보면 "응~ 방송국 작가야!"라며 당당하게 말했다. 친구들이 "어머~ 그래애↗?" 하더라며 직접 후기까지 전해줬다. 굳이 비정규직 어쩌고저쩌고는 설명하지 않았을 거다.

결혼식 날, 사회를 봐준 남편의 친구가 예식 막바지에 "여러분! 여기 이 신랑 신부가 방송국 놈들입니다" 하면서 춤을 시켰다. 춤을 시킨 것보다 '방송국 놈들'이라는 말이 더 민망했다. 그 말은 뭐랄까 매실액급의 농도로 일하는 사람들을 지칭하는 말 같고, 굳이 나를 그렇게 부르자면 거기에 미지근한 물을 더 붓고 성의 없이 휘휘 저으며 '바앙숴엉그응 너어엄드르릉~'이라고 말해야 할 것 같다. 들릴 듯 말 듯, 알 듯 모를 듯하게. 그날, 내 담당 코너를 진행하는 아나운서 언니도 결혼식에 와주었다. 엄마에게 다가가 "어머니, 너무 축하드려요~"라며 살갑게 먼저 인사를 건넸다고 한다. 인사를 받은 엄마는 '뉘신지' 하는 표정을 지었고, 언니는 신상 정보를 요하는 그 얼굴을 보고는 자신이 내가 맡은 코너의 담당 아나운서라고 구구절절 설명했단다. 손님들이 오가는 정신없는 와중에 엄마는 알아들었는지 모를 애매한 표정을 지었다고. 아나운서 언니는 자기를 당연히 알아볼 거라고 생각한 게 민망했다면서 깔깔 웃었다. 내가 하는 아침 뉴스를 엄마 아빠가 보지 않을 거라고 생각하긴 했다. 고향 집엔 내가 일하는 방송국 채널이 아예 안 나오니까. 돈 주고 채널 많이 나오게 해놓으면 엄마가 홈쇼핑에 빠질 거라는 아빠의 우려 때문이었다. 암만 그래도 딸이 하는 뉴스를 정말 한 번도 안 봤다니. 그러면서도 엄마 아빠는 방송국 로고가 찍힌 내 예전 명함을 가지고 다녔다. 그 방송국에 다니며 만든 다큐도 안 봤으면서.

해외뉴스를 전하는 내 담당 코너는, 특성상 누굴 섭외해야 하는 것도 아니어서 명함을 쓸 일이 없다. 고로 명함이 없던 나는 행정팀에 가서 방송국 로고가 찍힌 명함을 신청했다. 이후 지갑에서 깍듯하게 생긴 그 종이를 꺼낼 일은 딱 한 번 있었다. 출판사 담당자 분들과 미팅할 때. 사실 그것 때문에 신청했다. 너무 많이 남아서 엄마, 아빠, 언니 심지어 남편에게도 줬다. 어느 날은 뉴스팀 메인작가님이 너는 쓸 일도 없으면서 왜 명함을 만들었냐고 물었다. "그냥 공짜길래 기념으로 만들었어요~"라고 개살구는 태연하게 대답했다.

책 읽는 낮

아침 뉴스팀 내 자리 정면엔 큰 창이 있었다. 해가 잠든 어둑한 새벽에 출근해서 일하다 문득 고개를 들어보니 탁탁! 안개꽃 다발을 떨어내는 것처럼 폭실한 눈이 내리고 있었다. 퇴근길은 늘 막혔다. 다른 사람들의 출근 시간과 겹치기 때문이다. 간만에 눈이 온 날은 길목이 더 메었다. 좁은 도로가 치밀어 오르는 차들을 금방이라도 푸우욱! 뱉어낼 것 같았다. 새벽엔 10분이면 가던 길이었는데 50분이 지나서야 집에 도착했다. 앞뒤로 왔다리 갔다리 하며 최대한 벽에 바짝 붙여 주차하고, 현관문 앞에서 삑삑거리며 도어 록 비밀번호를 누르면, "먀!" 고양이가 마중 나오는 소리가 들린다. 꽁꽁 언 추운 공기를 매달고 실내로 들어서면 집 안의 열기가 후끈 덮쳐온다. 일

단 손을 씻고, 고양이에게 간식 몇
알을 준 뒤, 사각사각 씹어 넘기
는 소리를 들으며 옷을 갈아입
는다. 샤워를 하고 책상에 앉
아 시계를 보면 게으름을 부
렸다 해도 오전 11시 즈음.
보통 저녁 8시에 잠이 드니, 퇴
근하고도 하루가 남는다. 법랑 컵에는 달달한 믹스커피
한 잔, 곁에는 복실한 고양이들을 앉혀놓고 책을 읽기 시
작한다.

　대개 소설책, 가끔 에세이다. 대개 중고서점에서 한 번
에 사 온 것들이고 가끔 알라딘 같은 도서 앱에서 주문한
책들이다. 거기에 선물 받은 책과 회사 문화부 앞에 있
는 '읽으실 분 가져가세요^^' 선반에서 골라온 것들. 읽
는 속도에 비해 욕심이 더 빨리 쌓여 안 읽은 책들이 항
상 수북하다. 책 읽는 재미 중 하나는 읽다 말고 책을 펼
쳐진 책의 윗면을 들여다보는 일이다. 쪼개진 부분을 보
고 가늠한다. 으음… 아직 3분의 1이 남았군. 나에게 책
을 읽는 행위는 세상의 지혜를 얻겠다는 의미보다 죄책
감 없이 긴 시간을 보낼 최선의 방법에 가깝다. 사실 그

것 말고도 낮에 혼자 할 수 있는 일은 많다. 수영, 넷플릭스, 아이쇼핑. 그에 비해 독서는 힘들이지 않고, 죄책감 없이, 저렴한 비용으로 나의 허영심을 채울 수 있으며 잘 찾아 읽으면 재미도 있다. 속독하는 편도 아니고 산만하기 때문에 1cm 두께의 책 한 권을 재밌게 읽는다 해도 보통 이틀은 걸린다. 어떤 책을 처음 읽는 건 처음 가본 나라에서 기차 여행을 하는 느낌이다. 창밖으로 휙휙 지나가는 풍경을 보며 이 나라는 이런 색의 풍경이라는 걸 대강 알 수 있는 것처럼 책 한 권을 다 읽으면 대략적인 내용을 이해하는 정도다. 분명 제대로 이해하진 못했지만 언젠가 다시 돌아와 보겠다며 먼 기약을 하고 새로운 책을 찾아 든다. 그렇기에 읽은 책이지만 제목도 저자도 내용도 잘 생각나지 않을 때가 많다. 여기에 열악한 기억력까지 더해져 부작용을 낳는다. 기대를 품은 채 읽고 싶었던 책을 샀는데, 몇 장 읽어보곤 책장을 덮는다. 이미 읽은 책이다. 꽂아두려 책장에 갔더니 똑같은 책이 꽂혀 있다. 이후엔 책장을 확인하고 책을 사는데 빌려 읽은 책은 미처 생각하지 못했다. 다신 이러지 말아야지 생각하지만 소용없다. 내가 두 번 읽은 그 책이 뭐였는지 생각나지 않으니까.

읽어봤자 어차피 내용의 10분의 1도 기억하지 못하는데 아무리 시간을 때워야 한들 내가 이걸 왜 읽고 있나 싶을 때가 있다. 수십 권의 책을 읽은 뒤에도 나에게 남는 건 얼핏 기억나는 한 줄, 그걸 읽으며 스쳤던 미묘한 감상뿐이다. 내 몸에 흡수될 극히 일부의 영양소를 위해 365일 대량의 음식을 우걱우걱 입에 밀어 넣는 모습과 비슷하다. 그렇다고 항상 글이 재미있지도 않은데, 웬만하면 내 입맛과 달라도 끝까지 읽으려 한다. 글쓴이나 소설 속 주인공을 이해하고 싶어서가 아니라 나의 생각을 알고 싶어서다. 글 속에 펼쳐진 황당한 상황을 마주한 내가 어떤 생각을 하게 될지 궁금해서. 평소엔 자아와 혼연일체가 되어 있지만 책 읽을 때만큼은 책 안에 슬쩍 나의 자아를 풀어놓는다. 자, 이제 너의 본모습을 보여주렴.

책을 읽다 보면 나의 가장 은밀한 생각이 드러난다. 제인 오스틴의 《설득》을 보고 생각한다. 가족을 위해 자신을 희생하는 이 착하고 아리따운 여주인공은 정말… 머저리 같구나. 언니와 아버지의 말이 어리석다는 것을 알면서도 고분고분 듣고 있다니. 그 행동이 멍청이 같다는 걸 일깨워줘야지. 물론 언쟁은 힘드니까… 차라리 저렇게 대답만 하고 따르는 게 스스로에게 가장 편한 일이겠지. 윌리엄 포크너의 《내가 죽어 누워 있을 때》를 보곤 분통을 터뜨린다. 돌아가신 어머니의 바람대로 한여름에 관을 옮기겠다고 낑낑대는 이 가족의 모습이란… 등신들 같네. 죽기 전에 잘해주진 못할망정 죽고 나서 고인의 바람을 들어주겠다고 저 고생이라니. 대책 없는 낙관에 고집까지 더해지니 사지로 가는 지름길이네. 책 속에서 날뛰는 나의 자아는 옳은 일, 바람직한 일, 희망 찬 일을 하겠다는 주인공들 앞에서 날것 그대로의 생각을 낱낱이 드러낸다. 채만식의 수필집 《다듬이 소리》 중 〈밤 손님〉이라는 짧은 글은 오래도록 기억에 남아 있다. 새집으로 이사한 채만식 작가가 그 집에서의 미래에 관해 이야기하는 일상적인 글이다. 읽고 난 뒤 문득 작가의 생몰 연도를 확인해보았다. 작가는 그 글을 쓴 지 채 2년도 지나지 않아 숨을 거뒀다. 다시 그 글로 돌아왔다. 가슴 한편이 얼음을 올려놓은 듯 시렸다. 언제나 나의 죽음을 미리 알고 싶었지만, 그 글을 읽으며 다시 생각했다. 영원할 것처럼 매일을 태연하게 살다가 어느 날 갑자기 서운하게 뚝 그쳐버리는 게 어쩌면 나을 수도 있겠다고. 누군가 내가 죽을 날을 알고 있다 해도 나는 미리 알고 싶지 않다고.

책은 섣불리 이빨을 드러낸 내 자아를 멈칫하게 만들기도 한다. 비행기가 착륙할 때 보이는 풍경처럼, 저 멀리서 보았을 땐 그저 세모, 네모일 뿐이라 속단했던 모습들이 가까이 다가갈수록 더 시끄럽고 수많은 이유를 보여준다. 정신없는 풍경 앞에서 왈왈거리며 성급했던 자아는 책장을 덮으면 잠잠해진다. 마지막 장을 덮고 난 뒤 적막 속에서 매번 비슷한 생각을 한다. 그래서, 그렇지만, 그럼에도 불구하고, 사사건건 모두가 어쩔 수 없는 일이라고. 책을 읽고 나면 어떤 내용이었나 되짚기보다 내가 무슨 생각을 했는지를 다시 떠올려본다. 그 생각의 찌꺼기를 그러모아 퍼즐을 맞춰보면 나라는 사람의 가장 본질적인 모습이 대강은 보인다. 다른 사람에겐 보여주지 못할 비윤리적이고 비도덕적이고 조금은 변태적인 생각들. 그리고 일상으로 돌아온다. 어느새 창은 어두워졌고, 새벽에 출근해야 하니 알람을 잘 맞췄는지 다시 한 번 확인한다. 잠이 오지 않지만 침대에 누워 생각한다. 그래서 책을 읽는 건, 지루하지만 책장을 펼치는 건, 그럼에도 불구하고 확인하고 싶었던 건, 나의 지난 어제들에 일어났던 사사건건 모두가 어쩔 수 없는 일이었다고. 나처럼, 모두가 어리석어서 참 다행이라고.

위안을 주는 것들

    고등학교 여름방학 때 대장내시경을 한 적이 있다. 야자를 하려고 앉아 있으면 배에 자꾸 북북 가스가 찼다. 정적이 흐르는 교실에서 뿡뿡 방귀를 뀔 수는 없으니 바람이 새어나가지 않게 최대한 입구를 봉쇄했다. 가스는 대체 어디서 그렇게 차오르는지 풍선처럼 배가 부풀어 올랐다. 병원에 가니 내시경검사를 하자며 약수터에서 볼 법한 몸통만 한 플라스틱 통에 멀건 액체를 담아 주었다. 간호사 선생님이 "이거 다 마시고 오세요" 했다. 뭔지도 모르고 호기롭게 받아서 복도에 나왔다. 그곳엔 나와 같은 과업을 진 사람들이 죽을상을 하고 있었다. 그 액체를 다 마셔야 화장실에 가서 장을 비우고 내시경 카메라로 텅 빈 대장을 샅샅이 살필 수 있다. 액체를 한 컵 마실 때마다 심해에 사는 물컹
한 정체불명의 해파리를 한
마리씩 통째로 삼키는 기분이
었다. '복도에서 죽을상을 하
고 있는 환자 13'쯤의 역할을 수행
하던 나에게 한 아주머니가 막대 사탕을
건네셨다. "이거 한 번씩 핥고 마시면 좀 나아" 하시면서.
사탕의 도움으로 대장내시경을 무사히 마쳤다. 의사 선
생님이 "대장엔 아무런 이상이 없어요. 스트레스를 받아
서 가스가 차는 걸 거예요" 하셨다. 나는 119에 허위 신
고한 꼬마처럼 뻘쭘했다. 아니, 진짜 무슨 일이 벌어지고
있다고 생각했단 말이에요…. 의사 선생님의 과학적 소
견은 별다른 해답을 주지 못했다. 해답은 의외로 간단했
다. 남은 방학 기간 동안 야자를 하지 않았다.

모든 질병의 근원은 회사이므로 퇴사가 만병통치약
이라는 식의, 소화제 광고를 재밌게 변형시킨 이미지를
본 적이 있다. 하지만 그걸 보고 '어맛, 그렇구나! 이렇게
획기적인 방법이?!' 하며 퇴사한 사람은 없을 것이다. 그
이미지는 '이거 한번 보고 나면 좀 나아' 하고 위안을 주
기 위해 만들어졌을 거다. 내가 받았던 그 사탕처럼. 안

타깝게도 직장은 야자처럼 그만둘 수 없다. 그래서 나는 울컥울컥 하루의 시간을 모두 삼켜내기 위한 사탕이 필요하다.

　비가 와야 한다. 보슬보슬 말고, 주룩주룩 말고, 쏴아악-. 안색이 어두워진 하늘이 토하듯 들이부어야 한다. 흙 비린내 나는 공기를 들이마시고 있자면 온 세상이 나를 대신해 일하고 땀 흘려주는 기분이다. 감정의 묵은 때까지 빗줄기에 씻어버리고 방금 막 목욕탕에서 나온 것처럼 시원하고 개운하다. 비 오는 날은 그렇게 위안이 된다. 금방 그쳐버리지만.

　비 예보도 없고 월요일을 앞둔 주말인데 기분이 썩 나쁘지 않다. 왜 그런지 곰곰이 생각해본다. 아차차… 다음 주가 월급날이다. 유전무죄. 심사숙고 끝에, 월요일을 용서해주기로 한다. 용서하는 자가 승자다. 승자는 바람을 타고 춤추듯 여유로운 몸짓으로 핸드폰을 가뿐하게 낚아 올린다. 그동안 장바구니에 담아놓았던 물건을 다시 검토해본다. 그래, 너희들은 잠시 기다려보아라. 내 며칠 후면 너희를 구원하러 오리니…. 아아, 나는 풍요의 여신. 못난 세상을 용서할지어다. 이내 월급날이 도래하고,

나는 입금 문자가 언제쯤 당도할지 핸드폰을 들었다 놨다 한다. 그러곤 결국엔… 결국엔 "띵!" 올 것이 왔다. 마르지 않는 꿀과 젖이 흐르노니 택배 상자는 문 앞에 켜켜이 쌓이고, 아아, 나는 그렇게 나댄 죄로 추락한다. 그저 사는 즐거움을 누리고자 했건만 단 며칠 만에 가진 것을 모두 탕진한다. 다음 월급날이 나를 구제해주기만을 애타게 기다릴 뿐…. 쇼핑. 시작은 창대하나 그 끝은 미약하리라.

비 예보도 없고, 월급도 다 써버렸다. 터덜터덜 집으로 돌아와 털썩 침대에 눕는다. 만신창이가 된 내가 썩어 문드러지기라도 할까 봐, 상하지 말라고 이불을 뚤뚤 감아 진공포장한다. 발꼬락만 이불 밖으로 빼꼼 나와 있는데 문득 보드랍고 따뜻한 것이 와 닿는다. 이게 뭐지, 고개를 쭉 빼고 내려다본다. 검은빛으로 아주 익어버려 보기만 해도 달큼한 향이 도는 탐스러운 포도알이 나를 멀뚱히 바라본다. 눈이 마주치자 "니야-" 들릴 듯 말 듯한 소리가 새어 나온다. 아니, 대체 이게 뭐지. 잠시 멍한 나는 곧 깨닫는다. 고양이다. 맞아. 나는 고양이랑 같이 살지. 솜방망이 같은 작은 발을 정확하게 몇 번 내딛더니 금세 내 코앞까지 올라와 당당하게 선다. 고무 같은 까만 코를 벌렁이며 확인차 다시 한 번 검수한 뒤, 눈을 질끈 감고 조막만 한 머리통을 힘껏 내 얼굴에 부빈다. 그래, 너가 나를 기다리고 있었지. 자다가도 밖에서 들리는 발소리에 귀 기울이면서 너가 나를 애타게 기다리고 있었구나. 지상의 것이 아닌 듯한 부드러운 존재를 이미 무뎌진 피부로 최대한 느껴보려 애쓰며 쓰다듬고 또 쓰다듬는다. 풀썩 쓰러져 누운 고양이의 배가 오르락내리락한다. 너무 미세하게 움직여서 그 모습을 제대로 보려면 숨을 흐읍- 참아야 한다. 쫑긋 힘을 준 얇은 귀, 팽팽하게 뻗은 투명에 가까운 수염, 말캉한 발바닥…. 얼굴을 들이밀고 빤히 바라보고 있으면 고양이의 작고 가벼운 콧김이 내 볼에 닿아 흩어진다. 그렇게 잠시 고양이와 가만히 누워 있으면 그제야 그런 생각이 든다. 맞아, 오늘이 지나면 좀 나아질 거야. 아마도, 아마도…zZ

니시퐐로롸*

영화 〈살인의 추억〉의 명장면은 아무래도 배우 송강호가 연쇄살인 용의자를 후려 패다가 밑도 끝도 없이 "밥은 먹고 다니냐?"며 묻는 부분이다. 그 와중에 밥을 먹고 다니냐고 물어볼 정도면 먹는 일이 얼마나 원초적이고 유치하면서 너 죽고 나 죽기 직전까지 짚고 넘어가야 하는 일인지 알 수 있다. 먹고 살려면 일해서 돈을 벌어야 한다. 일하는 게 치사한 이유가 이거다. 먹는 문제가 엮이면 비굴쯤에서 그칠 일도 비참까지 가고야 만다. 에라이, 더러워서 내가 그만두고 말지… 아닐지를 결정하는 건 나 혼자만의 문제가 아니다. 나만 믿고 입에서부터 줄줄이

* 你吃饭了吗?: 중국어로 '너 밥 먹었니?'라는 뜻이다. 현지 발음에 가깝게 표기하면 '니츠팔러마' 정도 되겠다.

딸린 내장들을 생각하면 그간의 신뢰와 믿음을 차마 저버릴 수 없다. 당장 몇 시간만 지나도 배고프다며 _꼬륵꼬륵_ 울어대는데.

몇 년 전까지만 해도 누군가와 뭘 먹는다는 게 창피했다. 얼굴에 붙은 구멍을 크게 벌려 우걱우걱 식욕을 남 앞에 드러내는 모습이 성욕과 배설욕을 보여주는 것만큼 민망했다. 스스스 조연출이 남편이 되는 데에 가장 큰 공을 세운 것도 바로 이 밥시간이다. 생판 모르던 남자와 구내식당에 마주 앉아 있으면 식판 위에 수북이 담아 온 쌀밥이 내 업보처럼 느껴진다. 처음 며칠은 꽉 채운 쓰레기봉투에 억지로 욱여넣듯 밥을 먹었다. 음식을 반 넘게 남겼는데 그나마 먹은 것도 입에 넣자마자 증발해버리는 것 같아서 항상 배가 고팠다. 어쩌다 상대가 빨리 먹은 뒤 내가 마저 먹을 때까지 기다리고 있으면 긴장한 목구멍이 말려들어가 밥을 먹는 게 아니라 식도로 관장을 하는 기분이었다. 그것도 하루 이틀이지 매일같이 단둘이 점심을, 그러다가 저녁을, 결국에는 편집실에서 밤을 새운 뒤 아침까지 삼시 세끼를 먹게 되면 결국 식구가 되고 만다. 식구(食口: 먹을 식 + 입 구)의 뜻은 '한집에 함께 살면서 끼니를 같이하는 사람'이다. 가족 같은 분위기에서 일한다는 말이 괜히 나온 게 아니다. 한 장소(일터)에서 트웬티포/세븐* 함께 먹고 자고 하면 절로 가족 같은 일이 되는 거다.

　다큐팀에서 스스스 조연출과 일할 땐, 저녁을 먹고 편집실에 박혀 있다가 새벽 2시쯤 야식도 먹고 날 밝으면 남녀 숙직실에 따로 들어갔다. 그러다 출근 시간이 되면 또 부스스 일어나 아침 먹고 일하는 거다. 천리안을 가진 방송국이 저조한 결혼율을 우려하여 신혼부부 체험을 시켜준 것 같다. 사실 지지고 볶는 이 과정에서 탄내 대신 애정이 피어오르는 경우는 극히 드물다. 보통은 며칠 밤을 새우고 나면 상대의 눈부신 병신미에 눈이 번쩍 뜨여 이혼 직전의 부부처럼 서로의 십이지장을 열두 개로 끊어주고 싶어진다. 각 회사들의 결혼 장려 체험이 실패하고 종내 결혼율이 낮아지게 되는 이유다. 이렇게 낮아진 결혼율은 출산 저하와 인구 감소로 이어지기 마련이고 만 년쯤 지나면 인류가 멸종할지니. 그 책임은 모두 21세기에 가족 같은 분위기에서 일을 시킨 회사에 있다며, 언

---

*　24/7: 흔히 쓰는 표현으로 미국식 속어다.
　　1. 하루 24시간 일주일에 7일 동안, 1년 내내, 언제나(always)
　　2. 연중무휴의

젠가 지구에 당도한 외계인이 고개를 절레절레 저으며 한탄할 것이다. 다행히 나는 전생에 업보가 없었는지 이래도 흥, 저래도 흥, 공자가 환생한 듯한 <u>스스스</u> 조연출을 만났다. 한 끼 두 끼 밥 먹던 게 매끼가 되고 이것도 저것도 같이 먹고 싶어져서 결국 죽을 때까지 함께 먹고 살기로 했다.

밥을 먹는 건 내가 상대를 얼마나 (불)편하게 생각하는지 알아볼 수 있는 가장 손쉬운 방법이다. 음식물이 식도가 아닌 기도로 넘어가 목숨을 잃게 될 위험까지 감수하고도 정적을 견디지 못해 "주말에 뭐 하셨어요?"라고 물어본 적이 있는가. 앞에 앉은 사람의 먹는 꼴을 보다 못한 나의 시신경이 눈동자를 식당에 틀어놓은 TV로 이끈 적은? 그럴 때 내 앞엔 대개 직장 동료나 상사, 오랜만에 만났지만 어제 만난 것 같다며 어색하지 않은 척했던 친구 등이 앉아 있었다. 누군가와 밥 한번 먹자, 먹자 하면서도 막상 마주 앉아 밥을 먹지 않는 이유는 당연히 같이 밥 먹기가 불편하기 때문이다. 마음이 편치 않은 사람과 밥을 먹는 건 생각보다 고된 일이다. 아닌 척해도 무시무시한 무의식은 숨겨지지 않아서 산소가 부족하지 않은데도 음식을 씹다가 나도 모르게 코로 큰 한숨을 쉬게 만든다.

　이렇게나 밥 먹기가 불편한 건 다 이유가 있다. 밥을 먹는 일 자체가 어렵기 때문이다. 은반 위의 김연아처럼 절도 있고 정확하게 할 수 있으면 좋으련만. 매일 해도 밥 먹는 건 완벽해지지 않는다. 한식을 먹고 산 지 어언 70년 차일지라도 쌀 한 톨 흘리지 않는다는 보장이 없다. 부은 편도가 보일 정도로 너무 입을 크게 벌려도 안 되고, 혀가 날롬날롬 마중 나오는 것도 좀 추하다. 밥 먹을 때 흘러내린 콧물이 인중을 적시는 것도 무안하다. 음식물이 입에 들어가는 도중 떨어지는 것도, 입으로 들어간 뒤 일탈하는 것도 뻘쭘하다. 이러니 편히 한 끼를 함께 먹는다는 건, 내가 보이는 일련의 추접한 모습에도 상대방 안에서 '뭐야 밥맛 떨어지게'라는 마음의 소리가 울리지 않을 거란 두터운 신뢰 관계가 있다는 말이다. 그래서 난 상호이해 관계가 없는 누군가가 나와 함께 밥을 먹길 원하면 고백이라도 받은 듯 설렌다. 짝꿍이 되고 싶은 친구를 적는 쪽지에 내 이름이 나온 것처럼.

　글의 마무리를 어떻게 지어야 할까 궁리하고 있는데 자전거를 타러 나갔던 남편이 돌아왔다. 저녁 메뉴를 골라야 하니 이쯤 써야겠다. 정말 책이 나와서 누군가가 이 문장을 읽어주는 날이 올까. 만약 그렇게 된다면… 지금 이 글을 읽어주는 소중한 당신, 니시팔로롸?♥

쑤욱 쑥쑥 나는 빙글빙글*

  오랜만에 달 작가님에게 연락이 왔다. "출판사 편집자한테 너 연락처 알려줬대. 곧 연락 갈 거야~!" 달 작가님은 1년여간 웃으며 함께했던, 그러고는 드라마를 안 하겠다고 하는 보조작가의 그림을 널리 세상에 알려주었다. 에세이집에 실린 내 삽화를 지인에게 보내며 "내 보조작가였던 애가 그린 거야"라고 자식 자랑하듯이 설명했을 거다. "우와 잘 그린다" 답장이 오면 히히, 하고 얼굴을 동그랗게 만들며 뿌듯해했을 거다. 그림을 받아본 달 작가님의 지인 중 누군가가 그걸 한 출판사 편집자에게 보냈다고 했다. 내 연락처와 함께. 누가 간지럼을 태

---

* 동요인 줄 알았는데 찾아보니 조금 다르다. 만화 〈아기공룡 둘리〉에 나오는 〈비눗방울〉이란 노래고, 가사는 "쏙쏙쏙 방울 빙글빙글 방울"이다.

운 것처럼 야리꾸리한 느낌이 들어서 나도 모르게 호호-
웃음이 났다. 주문한 음식을 기다릴 때처럼 시간이 더디
갔다. 내 연락처를 받았다는 그 편집자는 '드라마 보조작
가를 한 어떤 작가가 그린 그림'이라는 설명과 함께 카톡
으로 그림 몇 장을 받았을 거고, 색연필로 슥슥 그린 동
글동글한 그림을 슥슥 넘겨 봤을 것이다. 나는 두 손으로
핸드폰을 붙잡고 캄캄한 액정 화면을 빤히 쳐다보고 있
었다. 침이 고이고 초조했다. 이제 좀 연락이 올 때가 된
것 같은데…. 상에 물이라도 떠놓고 기도라도 해야 하나.
분신사바 분신사바 오디세이 클라세이 세상의 모든 신과
귀신이시여, 어서 그 편집자한테 연락이 오게 해주시오.

　"우리 같이 일해요"라고 문자가 왔다. 내 생애 어떤 일
을 할 수 있어서 가장 기쁜 순간이었다. 꺄악- 소리를 지
르며 트램펄린을 뛰듯 방방 뛰었다. 드라마 보조작가 합
격 소식을 들었을 때였다. 내 생애 가장 짜릿한 순간이었
다. 그다음으로 기뻤던 소식은 대학 편입시험 합격 문자
였던 것 같다. 그리고 세 번째는 에세이집에 그림 삽화를
그려보겠냐는 제안이었다. 그런데 내 연락처를 받았다는
그 편집자의 첫 연락은, 그러니까 이 순위권에 들지 않았
다. 결과로 미뤄보건대 그분께서는 내 그림을 받아보곤

'참으로 진부한 그림이로고…'라 생각한 것 같다. 그렇게 간절히 기다렸건만, 굳이 연락해서 한다는 말이 내년에 그림이 필요한 일이 생기면 다시 물어보겠다는 거였다. 올해 낼 책에는 절대 그림이 들어가지 않는다는 건가. 그럴 리가. 그림이 필요 없는 게 아니라 내 그림이 필요 없는 거겠지. 나는 분명히 토마토스파게티를 시켰는데 컵라면을 받아 든 기분이었다. 그것도 작은 사이즈로, 김치도 없이. 이거, 나 먹으라고 준 건가. 다시 물을 떠 와야겠다. 배추도사든 무도사든 그러면 이 편집자가 왜 굳이 연락한 건지 좀 알려주시오.

편집자는 잠시 후 "(그림은 됐고) 혹시 글 한번 써보시지 않을래요?"라고 했다. 여봐라, 이 편집자가 당최 뭐라는 게냐. 길을 가다가 대뜸 "도를 아십니까?"라며 내 시야에 들이민 커다란 머리통을 보는 느낌이었다. 말은 뭐 드라마 보조작가와 방송작가의 이야기가 궁금하다느니 하면서 샘플 원고를 받아보고 싶다고, 재밌으면 기획서를 회사에 내보겠다고, 좋은 제안 아니냐고 했는데, 그럴 리가. 이 사람이 누군지는 내 모르겠다마는 업무보고할 내용이 필요한 거 아니겠나. 그러지 않고서야 생면부지 누군지도 모르는 사람한테 글을 써보라니. 이보십시오. 아는지 모르겠지만 내가 기다린 연락은 "이번에 새로 나오는 소설이 있는데 작가님의 그림이 들어가면 좋을 것 같아서요 :-)"였습니다. 메뉴가 잘못 나왔을 땐 손대지 말고 당당하고 대찬 목소리로 말해야 한다. "이거 제가 시킨 거 아닌데요!!" 그런데 순간, 깊고 아름다운 MSG의 향이 콧구멍으로 후욱 뜨뜻하게 밀고 들어오는 게 느껴졌다. 눈을 내리깔고 내 앞에 놓인 것을 빤히 보던 나는 서툰 젓가락질하듯 빼꼼빼꼼 손을 놀려 "오잉? 글이요?"를 쓰고 뒤에 "ㅎㅎ"도 덧붙였다. 'ㅎㅎ' 혹은 'ㅋㅋ'는 이미 꽉 찬 2인용 자리 앞에서 서성이는 사람에게 엉덩이를 들썩여 자리를 마련해주는 소리다. 자, 여기 ㅎㅎ를 마련했으니, 거기 자네, 어서 합석해보시오.

편집자의 제안에, 프롤로그를 포함해 세 개의 짧은 글을 가벼운 마음으로 후루룩 써보았다. 대학 때 언론고시반에 잠깐 다니며 써본 짧은 소설 이후로 정말 오랜만에 쓴 '글[1]'이었다. 방송작가로 일하며 매일 편집구성안, 기사 원고, 인터뷰 질문지 같은 글[2]을 쓰긴 했지만… 그 '글[2]'이라는 건, 말하자면 편의점 간편식 같은 거다. 그래 이걸로 배는 불릴 수 있겠지만 그렇다고 마지막 한입을 먹고 뿌듯한 표정으로 '아~! 밥, 자알~ 먹었다'고 하긴 좀 그렇지 않나 싶은 것들. 글이라기보
단 글자에 가까운 것들. 그 와중
에, 오랜만에 마주한 싱싱한 글
[1]이었다. 혹시나 하는 마음으로
대강 떠오르는 이야기의 꼭지를
쑤욱 뽑아봤는데 거친 자음과 모음 사이로 흙덩이가 뚝
뚝 떨어졌다. 다듬지 않은 이야기의 뿌리들이 머리채를
잡듯 뒤엉켜 있었다. 문장 사이로 어리숙한 비린내가 풍
겼다. 어리둥절해하는 이야기를 탈탈 털어서 종이 위에
얹었다. 미쉐린은 꿈도 못 꾸겠지만 어석어석 씹어 먹으
면 조금은 단맛이 도는 이야기. 지지고 볶아서 좀 더 감
칠맛이 나는 시간과 친환경 건강식 같은 쌉쌀한 기억. 거
기 있는 줄도 몰랐는데, 글은 내 시간 속에서 별다른 비
료도 없이 저 혼자 쩍쩍 다리를 내뻗으며 자라고 있었다.
대체 나의 이 낯선 재료들로 뭘 만들어낼 수 있을까. 백
종원 선생님이 와도 이건 어떻게 안 될 것 같은데….

　내 글을 읽은 편집자가 불쑥 소매를 걷어붙이고 나섰
다. 이 사람은 대체 어디서 나타난 거지.
　"재밌네요! 제가 뭐에 씌었는지 글 잘 쓰실 것 같더라
고요."

진짜 도를 안다는 건가. 편집자는 황당해하는 내 앞에서 태연하게 재료 몇 개를 빤히 들여다보며 "제가 추진해볼 텐데. 혹시라도 잘 안되면 꼭 다른 데서 내세요. 글이 정말 좋거든요" 했다. 그럴 리가. 나는 낯선 뒤통수를 의심스러운 눈초리로 훑었다. 당최 내 글을 책으로 내겠다는 저 사람들의 말을 믿어도 될는지….

비나이다 비나이다, 누가 좀 말해주시오.

자기야, 이걸 왜 해?

　남편은 수시로 게임기를 샀다가 팔았다가 한다. 가끔은 TV랑 뭐랑 연결해서 게임을 틀고 거실 불도 끄고 암막 커튼까지 치고는 아주 작정하고 하기도 한다. 보통 게임을 좋아하면 한 게임을 계속하던데 오가며 보니 뭐 그렇지도 않고 유명한 게임도 아니고 매번 다른 걸 한다. 한번은 TV 바로 앞에 캠핑용 의자까지 갖다 놓고 게임을 하기에 옆에 주저앉아 구경했다. 게임 속에서 남편은 마부였다. 사람들을 태우고 또각또각 시골길을 갔다. "우와, 되게 현실감 있다" 또각또각… "신기하네" 또각또각… '저렇게 느리게 가서야…' 말은 천하태평했다. 일부러 늦게 가서 요금 올리려는 속셈 아니냐고 손님한테 지청구 먹기 좋았다.

"자기 뭐 해? 좀 달려."

"아니 이건 원래 이렇게 가는 거야."

"그럼 어디 집에 들어가서 뭐라도 하는 거 없어? 미션."

"응, 없어."

게임기를 쥔 남편의 손을 흘끗 봤다. 움직이긴 움직였다. 길을 따라가게 방향만 조절해주는 정도였다. 유아용 게임인가 싶어 멍하니 보다가 "근데 자기야, 이걸 왜 해?" 물었더니 "동네 구경하려고" 했다. "크흥흥. 아~ 동네 구경하려고오~" 하니까 남편이 말꼬리를 흐느적거리며 "왜애~" 했다. "저 동네가 어딘데? 흥흥" 하자 남편은 진지하게 그게 어느 시대의 마을이라고 했다. 나는 "아아~ 그래" 하고 일어섰다.

숨을 고르며 서 있었더니 내 앞의 문이 활짝 열렸다. 스포트라이트가 우리를 비추고 양옆에 앉은 하객들이 박수를 쳤다. 너무 민망해서 남편의 팔을 붙잡고 종종

종 경보하듯 단상으로 향했다. 아빠는 학창 시절부터 "결혼식 날 나는 손 안 잡아줄 거야. 왜 여자만 손을 잡아줘. 너 혼자 가" 했었다. 몇 개 안 되는 식순을 마치고 뒤돌아섰다. 하객석을 향해 꾸벅꾸벅 인사하며 몇 걸음 걸었더니 식이 끝났다. 결혼식은 생각보다 싱거웠다. 재료 손질만 반나절이 걸렸는데 5분 만에 후루룩 먹는 국수 같았다.

　　인생사 국시무상.

　　이래서 사람들이 결혼식 날 잔치국수를 먹었나 보다. 진즉에 혼인신고도 하고 신혼집에 살며 결혼식도 마쳤는데… 그런데… 내가 뭔가 빼먹은 게 있나? 그냥 이렇게 하는 건가? 눈을 질끈 감고, 잔뜩 긴장한 채 기다리고 있었는데 간호사 선생님이 "네~ 다 됐어요" 할 때처럼. "벌써요?" 하고는 멀뚱멀뚱 알코올 솜이나 빙글빙글 문지를 때처럼 그냥 이렇게.

　　오랜만에 남편이 TV 앞에 자리를 잡았다. 새로운 게임이었다. 총도 쏘고 폭탄도 던지는 것 같길래 '아 이번에는 좀 다이내믹한 게임을 하나' 싶어 옆에 다시 앉아봤다. 몇 분도 채 지나지 않아 1인칭 시점의 캐릭터가 "으어억!" 외마디 비명을 질렀다. 화면이 시뻘겋게 됐다. "뭐야, 죽은 거야?" 잠시 후 다시 밝아진 화면은 훨씬 이전 단계로 돌아가 있었다. 남편은 멋쩍은 듯 "응, 다시 하면 돼" 하고 흐흐 웃더니 지나왔던 절벽을 또 올랐다. 혹시 모를 적의 공격을 피해, 조개가 혀를 숨기듯 바위 뒤로 몸을 쏙쏙 숨겼다. 아주 숨는 거 하나는 빨랐다. 아까 죽은 그 바닷가를 무사히 지나는가 싶더니 "으어억!" 물에 빠져버렸다. "뭐야, 또 죽었어?"

요즘 게임은 참 잘 만들어서 화면도 화려하고 스토리도 탄탄하게 짜여 있다. 게임 구성도 그리 복잡하지 않다. 그러니 애들이 그렇게 하루 종일 게임하지. 애들도 보면 잘하던데 남편은 어째…. "으어억!" 이번에는 바다 근처에도 못 가보고 아까 몇 번이나 올랐던 절벽에서 떨어졌다. "뭐어야아~ 여기서 죽었어?!" 남편도 민망한지 좀 웃더니 또 꾸역꾸역 절벽을 올랐다. 게임 속 캐릭터 쟤는 내일 근육통 때문에 계단도 못 오를 거다. '이 게임은 많이 죽어도 리셋은 안 되나 보다' 생각하면서 두고 봤다.

암막 커튼을 친 채 불을 끈 방은 캄캄했다. 결혼 후 맞은 나의 첫 생일이었다. 혼자 침대 위에 축 늘어진 채 앉아 있었다. 축축한 휴지가 사방에 흩뿌려졌다. "으허허어엉" 내일은 코밑이 따가워지겠구나 하면서 또 "킁!!" 코를 풀었다. 연애할 때도 한 번을 싸우지 않았는데 하필 내 생일날, 남편과 싸웠다. 출근한 남편 대신 두 고양이가 눈을 동그랗게 뜨고 나를 구경했다. 결혼한 뒤 아빠가 "너는 이제 남편네 집으로 시집을 간 거야" 하기에 나는 정색하고 "아닌데. 나 시집간 거 아닌데. 그냥 우리 둘이 결혼한 거야" 했다. 아빠는 결혼이, 남편의 가족과 내 가족이 교집합을 이루는 일이라고 생각했다. 혈액형이 다르면 피도 함부로 섞이면 안 되는 법이거늘. 남편과 나는 각각의 집합에서부터 떨어져 나와야 했다. 우리 둘과 두 고양이가 함께 살아갈 아늑하고 동그란 집합을 새로이 만들어야 했다. 그 과정에서 자꾸 "으어억!" 절벽 아래로 떨어졌다. 원점으로 돌아왔다. 여기에서부터 다시 시작하라고?

남편의 캐릭터는 살신성인 몸을 사리지 않은 갸륵한 노력 덕에 헬리콥터도 잡아타고 바다도 무사히 지나 드디어 적진에 가까워졌다. 은밀하게 접근하려면 나뭇가지를 잡아타든 뭐든 해야 하는데 이번엔 애가 길을 못 찾는다. "헙! 헙!" 하면서 괜스레 바위에 올라가 먼 산을 보다가 내려왔다가 또 벽을 탔다가 내려왔다가 한다. "뭐야, 어디로 갈 거야?" 이렇게 길을 못 찾으면서 마부를 하겠다고 했으니… ㅉㅉ. 게임의 제작자는 풍팡팡! 시원하게 밀고 가는 액션영화를 생각하며 만들었을 건데, 남편은 모시 짜는 장인정신으로 게임을 하는지 진전될 기미가 안 보였다. "난 이렇게 자꾸 죽으면 게임할 맛이 안 나던데. 이겨야 재밌지" 했더니 남편은 "누구 이기려고 게임하는 거 아니야" 했다.

"그럼 게임을 이기려고 하지, 뭐 하러 해?"

"구경하려고. 여기 게임 속 세상 구경하려고 하는 거라니까 진짜."

"에이~ 괜히 지니까" 하고 나는 또 "흥흥!" 했다.

✳

나름 살벌했던 전쟁이 끝나갔다. 생일 다음 날이었다.

"와서 안아."

마지막 판에서는 누가 이기고 자시고가 없었다. 팅팅 부은 눈으로 소파에 앉아 남편을 부둥켜안고 있으니 피식 웃음이 나왔다. "싸우는 거 힘들다. 우리 싸우지 말자" 했다. 생각보다 피날레가 시시한지 고양이들은 별 관심이 없었다. 얘들아 우리가 어떻게 여기까지 왔는데, 와서 캣닙이라도 뿌리며 축하해줘야지.

자기 전, 남편이 손바닥만 한 게임기를 가져오더니 새로운 게임을 했다. 이번엔 레이싱인데 역시나 참 일관되게 죽었다. 분하지도 않은지 시작 선에서 또 부릉부릉 시동을 걸기에 "자기, 게임 지인~짜 못한다! 크큭" 했다. 고양이를 안고 뒹구는데 침대 머리맡에 반짝이는 플라스틱 왕관이 보였다. 남편이 생일 전날 사둔 거였다. "여봐라~ 왕관을 대령하라" 했더니 남편은 게임기를 놓고 경건하게 왕관을 내 머리 위에 올려주었다. "내 너의 죄를 사하노라~" 했더니 남편은 이기지도 못하는 게임이 뭐가 그렇게 재밌다고 자꾸 입을 길게 찢어 씨익 웃었다.

허세로운 삶이여

내가 사뿐히 발을 내뻗고 수줍은 듯 가격을 말하면 남편이 깜짝 놀란다. 결제하면서 머뭇거릴 때도 있지만 인생 한 번 살지 두 번 사냐 하면서 눈을 질끈 감는다. 아, 결제창에 얼굴 인식이 안 됐네…* 다시 눈을 똥그랗게 부라리고 가격을 노려본다. 내 생애 이런 사치를 부리다니 성공한 인생이구나. 배송을 받은 뒤 포근한 그 품에 사뿐히 발을 담가본다. 아아… 사랑스럽도다. 나의 허세로운 양말이여.

---

* 요즘 아이폰은 얼굴 인식으로 후루룩 결제가 되게 해놓았다.

3만 원이면 된다. 푸르디푸른 종이 세 장이면 가히 허세롭고 다채로운 삶을 살 수 있다. 사치? 별거 아니다. 3000만 원, 300만 원 없이도 얼마든지 호화롭게 살 수 있다. 편의점에서 벤앤제리스 아이스크림*을 사서 장바구니에 담고 달랑달랑 손에 쥔 채 본메종** 양말을 신은 발로 종종 걷고 있자면 푸르른 가을 하늘의 구름을 딛고 사뿐사뿐 극락으로 올라서는 듯하다. 고급진 삶을 사는 이 기분. 아아… 뿌듯함이 울컥울컥 목까지 차올라 '마! 내가! 양말도 사고! 아이스크림도 사고! 다 했어 마!' 하고 싶어진다.

신혼여행을 가기 전, 직장 동료가 "신행 가서 남편한테 명품 가방 사달라고 해!" 하기에 잠시 생각하다 대답했다.

"내가 300만 원짜리 명품 가방을 사는 건 이재용이 2조 원짜리 가방을 사는 거랑 같을 거야. 2조까진 아닌

---

* 하와이로 신혼여행 가서 제일 맛있게 먹은 아이스크림. 국내 편의점에도 입고됐다!
** 프랑스 디자이너의 양말 브랜드. 무늬와 색감이 독특하다.

가. 2억."

　나의 크나큰 미덕 중 하나는 주제를 아는 거였다. 그래도 사치를 부리고 싶은 욕망이 엘리베이터 안에 남은 방귀 냄새처럼 은은하게 퍼져 있을 때 가끔 환기시켜줘야했다. 1만 원짜리 연필, 2만 원짜리 머리끈, 3만 원짜리 양말 같은 것들로. 살 때는 조금 아깝지만 기다리면서 자책하지 않고 받을 때 매우 기꺼운 정도. 그 정도면 내 뱃구레에 넘치지 않게 소화할 수 있는 정도의 사치였다. 내보폭을 넘어서, 사치 그 자체로 누군가를 앞서려고 했다간 가랑이가 찢어지고 말 거다.

　한번은 남편에게 "자기, 좋은 시계 없지? 좋은 거 하나살까?" 했더니 남편이 좋은 시계가 어떤 시계냐고 물어왔다. "비싼 시계"라고 했더니 그럼 얼마짜리부터가 비싼시계냐고 물어왔다. "음…" 고민하는 나에게 비싼 시계가왜 필요한 거냐고 물어왔다. 한창 궁금한 게 많은 시기의유치원생에게 잘못 말을 건 느낌이었다. 왠지 지는 기분이 들어서 받아칠 말을 생각하고 있는데 남편이 순서를가로챘다.

　"남한테 보여주려고 비싼 시계를 사는 건 의미가 없어,자기야. 항상 더 비싼 시계를 찬 사람이 있을 텐데 세상에서 제일 비싼 시계 살 거 아니면 '비싼 시계'는 안 사."

그때까지도 딱히 받아칠 말이 생각나지 않은 나는 그
냥 "싫음 말어라!" 했다.

✳

어린애들 사이에 섞여서 30분째 장난감을 고르는 남
편을 보다가, 마트에서 카트 가득 과자를 마구 던져 넣다
가, 집에서 피자를 배달해 먹다가, 6개월 할부로 스페인
여행 항공권을 결제하다가 문득문득 벅차오른다. 아, 엄
마 아빠 잔소리 안 듣고 내 맘대로 막 살 수 있어서 좋다.
'이번 달 생활비는 초과했지만 다음 달 월급으로 메꿔야
지' 생각하며 핸드폰으로 식재료를 쓱쓱 넘겨보다 토마
토스파게티 소스를 장바구니에 하나 더 담는다.

고작 이 정도의 삶을 위한 거였다. 고통스러워하며 구
구단과 알파벳 철자를 외우고 '이건 앞으로 내 인생에 절
대 필요하지 않을 거야' 생각하며 수식을 적어 내려간 시
간들. 그게 모두 이 정도의 삶을 위한 거였단 걸 알았
다면 공부하는 게 그렇게 힘들지 않을 것 같다. 적당한
크기의 집에 털이 부숭부숭한 고양이 두 마리가 아무렇

게나 늘어져 있고, 사랑하는 남편과 함께 먹고 싶을 때마다 맥주캔을 따 꿀꿀 따라 마시며 안주는 마음대로 골라 먹을 수 있는 낮과 밤이라면. 이 시간을 위해 그 모든 것을 해야만 했다면 충분히 그럴 만한 가치가 있었다. 호화스러울 만큼 행복한 시간들을 보내기 위해 필요한 사치는 어린 시절 나의 상상과는 달리, 이 정도면 충분했다. 여행의 추억을 얘기하며 함께 아이스크림 먹을 사람이 있는 것으로 충분했다.

창밖을 보라 1

    눈앞에 있는 게 상어든 사람이든 그 사이에 창 하나만 있으면 왜인지 마음이 놓이고 근거 없는 용기가 생기나 보다. "야! 거기 여성리빙텔!! 나와!!" 하기에 방에 난 작은 창으로 얼굴을 내밀었다. 반대편 고시텔 건물 창에서 남자 서넛이 낄낄대며 웃었다. 복도로 나가 큰 창을 열었다. 얼굴만이 아닌 상반신까지는 내보일 수 있는 창이었다. "야, 내일 만나까? 12시에 학식 먹으까?!" 하더니 또 저희들끼리 낄낄대기에 창밖으로 주먹을 뻗은 뒤 가운뎃손가락을 올렸다. "꺼져!" 하고 방으로 돌아왔는데 상자만 한 방에서는 손바닥만 한 창문도 너무 커서 숨을 곳이 없었다. 의자에 앉아 배가 책상에 눌릴 만큼 꾸역꾸역 들이댄 뒤 흡착기 붙이듯 쩌억 손바닥을 책상에 고정시켰다. 그러고도 분이 풀리지 않았다. 대학교 3학년 여름이었다. 다음 날, 부름을 받잡은 나는 그 고시텔에 찾아가 문을 두드렸고 그중 한 명을 만나 사과를 받아냈다.

대학교 4학년 때부터는 친언니와 원룸에서 자취를 시작했다. 건물 지하에 드럼학원이 있어서 바닥이 늘 둥둥 울리는 곳이었다. 곧 첫째 고양이를 입양했는데 꼬물꼬물 아기 고양이도 식구라고 셋이 함께 있으면 작은 방이 분주했다. 언니와 내가 일을 시작한 뒤엔 조금이나마 더 넓은 원룸으로 옮겼다. 보증금 300만 원에 월세 50만 원으로 구한 새 방은 복작복작한 동네에 있었다. 365일 중에 363일은 새벽에 깼다. 왜 하필 새벽만 되면 그렇게 서럽고 신나고 화나는 일들이 생기는지. 그 방에 살면서 알게 된 점은, 고성방가로 처벌하려면 소음이 몇 데시벨 이상이어야 하며 그걸 측정하고 앉아 있을 수는 없으니 결국 감정이 북받친 수많은 인물의 대사와 OST를 감상할 수밖에 없다는 거였다. 막장 드라마가 잘되는 이유를 그때 알았다. 창밖의 누군가가 노닥거리는가 싶을 때는 소리도 듣고 싶지 않더니 싸우는 소리가 들리면 두더지게 임하듯 창틀 위로 빼꼼 얼굴을 내밀고 눈이 휘둥그레진 고양이와 함께 본방을 사수했다. 그런데 언니는 달랐다.

그들이 사네 마네 하며 절
정에 치닫는 순간에도 새
근새근 아이처럼 잤다. 아
침에 언니가 일어나면 새벽
에 있었던 일들을 간단히 요
약해 재방해주는 게 당시
나의 일과였다.

 "도저히 안 되겠어서 내가 신고했지. 112에."

 눈빛을 반짝이는 나를 보며 언니는 황당해했다. 그때
부터 나에게는 '프로신고러'라는 별명이 생겼다.

 소음은 밤낮을 가리지 않았다. 어느 낮에는 창문을 열
고 "저기요. 죄송한데, 조용히 좀 해주세요. 소리가 너무
커서요" 했더니 골목에 있던 중학생으로 보이는 대여섯
명 중 하나가 "뭐 씨발 내려와, 병신아" 하기에 옷을 입
고 내려갔다. 태연한 듯 "왔다" 했지만 속으로는 '얘가 나
를 때리면 어떡하지, 손가락만 잡아서 제압하는 게 있었
는데 어떻게 하는 거였더라' 하며 두근두근하고 있었는
데, 그 남자아이는 옆에 있던 여자아이들을 흘끔 보며 낄
낄 웃다가 갑자기 도망쳤다. 여자아이들도 꺄르륵 웃으
며 사방으로 흩어졌다. 역시 등빨이 먹히는 건가. 어릴

때 열심히 마신 우유 덕을 이제야 본다 싶었는데 그 와중에 한 남자아이가 운동화 밑창에 껌이라도 붙은 것처럼 양발을 뗄 듯 말 듯 미적거렸다. 너는 참 눈치게임도 못하는 애구나. 아이의 손에서 핸드폰을 낚아채 악력이라도 측정하듯 꽉 쥐었다. 아이의 신발은 그대로 다시 바닥에 눌어붙었다. 골목엔 둘만 남겨졌다. 혼자 남겨진 아이는 그제야 놀란 아이의 표정을 드러냈다. 나는 웬만하면 낯선 타인에게 '요'로 말을 맺곤 했지만 그날은 예외였다.

"전화해. 친구들한테. 오라고."

"폰을 주셔야 하죠."

"아니야. 그럼 너 갈 거잖아. 스피커폰으로 해. 내가 들고 있을게."

5분 뒤 아이들은 천천히 되감기하듯 스멀스멀 모여들었다. 아이들 또래의 친척 동생이 한동네에 살고 있었다. 혹시나 이 아이들이 같은 반 친구일 수도 있으니…. 싸우려고 한 게 아니라 단지 목소리를 낮춰주길 바란 거다. 그 대답으로 욕을 할 상황이 아니었다, 라고 설명했다. 서로 사과했는지는 기억나지 않지만 (천만)다행히 아이들은 수긍하는 척이라도 했다. 인질로 잡고 있던 핸드폰을 놓아주었다. 소중한 반려폰을 받아 든 아이는 천진한 표정을 지으며 대뜸 "누나!" 하더니 "폰이 휜 것 같은데요"

했다. 그럴 리가. 땀이 맺힌 손으로 핸드폰을 가로로 들고 살폈다. "얘, 안 휘었어" 하고 다시 돌려주고는 서둘러 방으로 돌아왔다. 매번 그런 신경전을 벌일 수는 없으니 밤낮으로 빼꼼빼꼼하던 두더지 중은 결국 날을 잡아 절을 떠났다.

그다음으로 이사한 곳은 오래된 투룸 빌라였다. 언니와 방을 하나씩 나눠 썼다. 조용한 주택가인지라 골목 소음도 없었다. 그런데… 어디선가 웅얼웅얼 말소리가 들렸다. 하던 걸 멈추고 귀를 기울였다. 말하다가 웃기도 하고 누군가와 대화하는 것 같기도 한데 한 사람의 목소리만 들렸다. 오싹했다. 소리를 따라 신발장으로… 문을 열고 나가… 앞집 문 앞에 섰다. 내용은 알아들을 수 없지만 알 수 있었다. 친척 동생 집에 갔을 때 본 적이 있다. 게임을 하면서 헤드폰을 끼고 친구와 대화하는 모습을. 문이 닫혀 있었지만 그 모습이 보이는 듯했다. 나는 한참이나 남자의 목소리를 들으며 서 있었다. 낯선 이의 얼굴을 마주하고 싶지 않았다. 게임 속 캐릭터처럼 저 남자를 그냥 그 사람만의 세상 안에 두고 싶었지만, 그치만…. "똑똑!" 어떤 표정을 지어야 하나 생각하며 얼굴 근육을 세심하게 배치하고 있었는데, 문이 벌컥! 열릴 거라는 예상과 달리 "누구세요?" 문 너머로 목소리가 들렸다.

"저, 저 앞집 사는 사람인데요. 목소리가 좀, 잘 들려서요."

"아, 죄송합니다"를 듣고 돌아섰다. 저 사람은 문에 난 구멍으로 내 뒤통수를 보고 있을까. 남자가 문을 열지 않아 다행이다 싶었다. 하지만 새마을운동이 시작되기 전에 지어진 듯한 건물은 악의 없는 작은 목소리도 막아내지 못했고 그 뒤로도 웅얼웅얼은 이어졌다. 못 견딜 정도는 아니었는데 남자는 곧 이사를 갔다. 그 뒤로 한동안 빌라는 조용했지만, 평화로운 날은 그리 오래가지 못했다.

창밖을 보라 2

"꺄악-!!!"

여자의 비명이 들린 건 한낮이었다. 친구의 장난에 놀라거나 변기 물이 넘쳐서 날 소리가 아니었다. 신발장 쪽으로 뛰어간 나는 당장 문을 열지 못했다. '강도라면? 누군가 칼을 들고 있으면? 112? 119?' 그 순간 "오빠아!! 누가 신고 좀 해주세요!!" 했다. 칼을 보고 지르는 비명이라기보다 울컥울컥 숨이 넘어가는 소리 같았다. 119를 누르며 문을 열고 뛰쳐나갔다. 아래층 문밖으로 한 아주머니의 얼굴이 빼꼼 나와 있었다. 아주머니는 아래쪽을 향해 "무슨 일이에요!!" 하고 소리쳤다. 겅중겅중 뛰어 내려가보니 반지하의 문이 반쯤 열려 있었다. 얼핏 핏자국이 보였다. 핸드폰에 대고 "남자가 자살 시도를 한 것 같아요" 했다. 잠시 후 응급차가 왔고, 나보다도 태연해 보였던 그 남자는 팔목 즈음을 천으로 칭칭 감은 채 자긋자긋 제 발로 걸어서 차에 탔다. 애인으로 보이는 여자는 반쯤 정신이 나간 것 같았다. 사이렌 소리가 멀어지자 정적이 슬금슬금 제자리로 돌아왔다. 그제야 주변을 돌아봤다. 같은 건물의 세입자와 동네 사람들이 갑작스레 떨어져 나온 귀지처럼 멀거니 골목에 늘어서 있었다. 다시쏘옥 들어가기도 찝찝하고, 그대로 서 있기도 왠지 부끄러웠다. 세입자들은 바람에 흔들리듯 휘청거리며 인사를 나누고는 각자의 방으로 돌아갔다.

몇 시간 후, 건물 안에서인지 밖에서인지 웬 여자가 욕지거리하는 소리가 들렸다. 반지하에 사는 그 여자의 지인인 듯했다. "미친 새끼 아니야! 죽으라고 해! 미친놈!" 했고 여자는 "언니, 언니이…" 하며 말렸다. 다음 날, 슈퍼 아저씨는 과자를 장바구니에 담아주다가 "여자가 헤어지자고 했더니 남자가 그랬다네" 하셨다. 사실인지는 알 수 없었다. 며칠 후 건물 앞에서 그 남자를 봤다. 한 여자와 담배를 피우고 있었다. 남자와는 인사를 나누지 않았는데 그 후로도 건물 앞에 떨어진 담배꽁초들을 보고 '아, 아직 그 남자가 사나 보다' 했다. 그날 일을 제외하면

투룸은 꽤 아늑했다. 그래서 결혼 직전까지는 지내려고 했는데…. 그 집에서 그렇게 이사하게 된 건 계획에 없는 일이었다.

✳

초등학교 6학년 때 우유 당번은 초록색 플라스틱 통을 교실 맨 뒤에 탕! 내려놓았다. 나는 우유 하나를 꺼내 야무지게 뚜껑을 접어 쪼옥 열고는 천천히 고소한 맛을 음미하며 슬렁슬렁 복도로 나갔다. 그리고 뒤돌아서는 순간, 눈앞이 하얘졌다. 축구공이 그렇게 딱딱하고 위험한 물건인 줄은 맞아보고서야 알았다. 다른 반 남자아이가 찬 축구공이 하필 내가 뒤돌아서는 그 순간, 내 얼굴로 날아온 거다. 학교는 그러려고 가나 보다. 직접 겪고 배우라고. 하지만 축구공들은 항상 나보다 빨랐고 나는 데구르르 굴러가는 축구공을 보고서야 얼얼한 채로 되물었다. 여기서? 이렇게? 갑자기?

그날 밤 일도 그렇게나 갑작스러웠다.

집 앞 골목에서 정체불명의 아저씨가 언니를 쫓아 달

135

려왔다. 언니는 붙잡히기 전에 한 건물에 숨었고 나에게 전화했다. 전화를 받은 나는 순간이동하듯 캄캄한 골목으로 나갔다. 놀란 언니를 달래며 큰길로 빙 돌아오는 데 언니가 굳었다.

"저 사람이야…!"

우연히 다시 마주친 그 아저씨는 별일 아니라는 듯 당당했다. 내 눈앞의 이놈이 그놈이라고?! 끓는 물에 퐁- 빠진 플라스틱처럼 심장이 쪼그라들면서도 뜨거워졌다. 일그러진 표정으로 "아저씨! 왜 사람을 쫓아와요!" 했다. 근육에서는 힘이 주륵 빠져나가는 것 같았는데 기특한 뼈대가 꿋꿋하게 버텨주었다. 그래, 내가 어릴 때 우유를 열심히 마시긴 했지. 겉보기엔 멀쩡했던 아저씨는 횡설수설했다. 간당간당한 정신줄에 위태롭게 대롱대롱 매달려 있는 것 같았다. 쫓아온 정도로는 처벌이 안 된다는 걸 알았지만 기록으로 남겨둬야 했다. 112에 신고했다. 드라마 보조작가로 일할 때, 취재차 재판을 보러 다니면서 배운 거였다. 기록이나 목격자가 없는 일은 쉬이 없던 일이 돼버렸다. "이걸 확 그냥!" 하며 삽 같은 손이 내 머리 위로 들렸다가 멈추고를 반복했다. 출동한 경찰은 그거리에서 아저씨와 언니의 인적사항을 확인하고 각자 집으로 돌아가게 할 뿐이었다. 헤어지기 전 아저씨는 "밤길 조심해라" 했다. 다음 날 낮, 언니가 아저씨를 마주쳤다는 건물 쪽으로 가보았다. 1층 정육점에 들어가 어젯밤 출동했던 경찰을 기다리는 동안 그 아저씨를 찍어둔 동영상을 보여주었다.

"혹시 이 사람 아세요?"

"아이고, 이 사람! 여기저기서 말썽인가 보네. 아, 얼마 전에 출소했는데 여기 와서도 돈 빌려달라고 어제 오후까지 난리를 치다 갔어~! 여기 널린 게 칼인데 자꾸 그러니까 어째. 나도 무서워서 얼마 빌려주고 보냈지. 이 건물 2층에 살아." 정육점 건물은 동네 슈퍼 바로 옆이었다. 우리 집 창문에서 고개만 살짝 내밀어도 보일 정도로 가까웠다.

✴

나의 결혼으로 이사할 예정이긴 했지만 시기를 몇 달 앞당겼다. 언니와 내가 원하는 조건은 간단했다. 단지에 관리인이 있고 건물 입구에 비밀번호가 있는 곳. 겹겹의 창이 있는 곳. 갇히듯 숨어들 수 있는 곳. 부동산 사장님은 "아파텔이라고 해요. 이런 데를"이라고 설명했다.

"아파트를 지으려고 했는데 부지가 아파트로 승인이 안 나서 오피스텔로 지은 거지. 베란다만 없지 아파트예요."

새로 지은 건물이었다. 겉보기엔 정말 아파트 단지 같았다. 단지의 주요 통로엔 관리인이 있었고 건물에 들어오려면 비밀번호를 눌러야 했다. 우리는 그곳으로 정했다. 나는 전세자금 대출을 받아 신혼집을 꾸렸고 언니는 같은 단지에 월세로 이사했다. 이사 오고 며칠은 같은 내용의 꿈을 꿨다. 전에 살던 빌라로 다시 이사를 가야 한다는 거였다. 그러면 나는 묻지도 따지지도 않고 체념하며 "그래. 내가 이렇게 멀쩡한 집에 살게 될 리 없지…" 했다. 눈을 번쩍 뜨고 꿈인 걸 확인하면 안심이 됐다. 이사 온 집은 층고가 꽤 높아 바깥의 소리도 들리지 않았고 인근 쇼핑몰 근처에서 울리는 경적만 조기축구회 공 차는 소리처럼 아련하게 들려올 뿐이었다. 메시가 찬대도 여기까지 축구공이 날아오진 않을 거다. 마음이 놓였다. 창가에 캣폴을 설치해줘도 고양이들은 창밖 구경을 하지 않았다. 땅과 멀어지니 앞 건물 말고는 볼 게 없었다. 나는 그 창 앞에서 두더지가 될 일도, 프로신고러가 될 일도 없었다.

신혼집 욕실에는 쪼그려 앉을 수 있는 정도의 작은 욕조가 있다. 다리를 접어 따뜻한 물에 몸을 반쯤 담그고

욕실을 둘러봤다. 내가 살던 고시텔이 이 정도 크기였나…. 침대 하나, 책상 하나, 의자 하나로 꽉 차던 방에는 A4용지 두 장 정도 크기의 창이 있었다. 지금 집의 거실에는 두 벽에 큰 창이 나 있어 낮이면 해가 방바닥에 겹겹이 따뜻하게 깔린다. 아, 이곳이 진짜 내 집이라니… 평생 여기서 고양이들이랑….

"따르릉!"

남편의 핸드폰이 울렸다. 남편은 덤덤한 표정으로 듣다가 전화를 끊었다.

"무슨 일이야?"

"집주인이 집을 내놨대."

"그럼 우리는? 우리 아직 계약 기간 남았잖아."

"우린 전세니까. 전세 끼고 집을 팔려나 봐."

"이런 경우도 있구나…."

아, 맞다. 내 집은 아니었지.

둘째 고양이를 품에 안고 거실 창 앞에 섰다. 처음엔 층고가 높아 무서웠는데 익숙해지니 괜찮았다.

"나, 이 집 맘에 드는데…."

남편은 조용히 저녁을 준비했다.

"전세도 1년밖에 안 남았고… 우리 다음엔 어디로 가?"

내로남불

무슨 얘길하다가 남편이 "내로남불이네" 한 적이 있다. 순간 생각했다. '사자성어 같은데… 내가 한자로 뭐지… 불은 아닐 불不이겠지…' 그러다 대뜸 물어봤다. "자기도 한자 뜻은 모르지?" 남편이 잠시 벙찐 표정을 짓더니 입을 찢고 웃었다. '우씨, 나만 모르는 건가' 싶어 못내 존심이 상하려는 찰나 남편이 대답했다.

"사자성어 아니야. 내가 하면 로맨스, 남이 하면 불륜. 줄여서 내로남불."

나에게 닥친 불행의 수식엔 항상 합리화라는 변수가 끼어들기 때문에 간단한 계산조차 바로 하기 어려워진다. 불륜이 로맨스로 정화되는 신비의 공식에도 역시 합리화라는 필터가 장착된다. 5성급 호텔에서도 못 해줄, 온 우주로부터 나를 보호해줄 최상의 셀프서비스. 합리화. 내가 놓인 불행한 상황 속에서 최소한의 상처를 받기 위해 나를 보호하는 과정이라고도 볼 수 있는데, 이 합리화라는 에어백이 터지면 상황을 제대로 파악하기 어려워진다. 시간이 지나 에어백에서 퓨슈슝 구질구질하게 바람이 빠지고 정신이 좀 든 뒤에야 그때가 얼마나 아찔한 상황이었는지 깨닫는다. 그리고 한편으론 그걸 이제야 알게 돼 차라리 다행이라는 마음이 들기도 한다.

얼마 전 드라마 작업을 하고 싶어 하는 선배 작가에게 드라마 보조작가 일을 소개해준 적이 있다. 경력이 나의 두 배쯤 되는 그 선배는 메인작가로 몇 년간 꾸준히 해온 프로그램도 있었다. 면접을 보고 아직 결과가 나오기 전, 선배에게 전화가 왔다. 간절하게 합격을 바라는 선배에게 괜찮겠냐고 물었다.

"어떤 취재는 몇 시간 동안 녹취하고 그걸 그대로 다 받아 적어야 해요. 평소라면 프리뷰어＊한테 맡길 일을 해야 하는 거예요."

＊ 촬영한 영상에 나오는 말, 행동을 모두 받아 적어 문서화하는 일을 한다.

선배는 괜찮다고 했다.

"늦은 밤에도 이른 아침에도 주말에도… 아무 때나 연락이 올 수 있어요."

그 정도는 감수할 수 있다고 했다.

"나중에 본격적으로 대본 작업이 시작되면 작업실에서 먹고 자야 해요. 출근은 하는데 퇴근은 언제 할지 몰라요" 하고는 내가 너무 초 치나 싶어 "월급이 지금보다 아주 적을 거예요"라는 말은 하지 않았다.

얼마 후, 드라마 보조작가 일을 시작하게 됐다는 선배의 연락에 축하한다고 말했다. 원래 하던 메인작가 일은 그만둘 거라고 했다.

"그런데…."

선배가 조심스럽게 물었다.

"내일 계약서에 사인하기로 했는데… 미리 들은 게 있으니까 웬만한 건 감안하고 보는데도 좀 이상한 부분이 있어서요. 계약 기간에 끝나는 날이 없네요? 그냥 드라마가 종료될 때까지 일한다고 돼 있어서요."

"드라마 편성이 안 잡히면 1년 넘게 밀릴 수도 있어요."

"아… 그리고 월급이… 얼마였는지 물어봐도 되나?"

"저는 180만 원 정도. 선배는요?"

"나는 150."

150만 원이라니. 그건 너무했다.

"선배, 근데 제가 드라마 보조작가 일을 이제 하지 않는데 선배한테 이 일을 소개하는 게 맞는 건지 모르겠어요."

소개해줄 땐 언제고 이제 와서, 초를 치고 말았다. 선배는 개운하게 말했다. "에이, 잘되면 되지!" 나는 진심으로 선배가 즐겁게 일하길 바랐다.

생각해보면 나도 드라마 보조작가 일을 즐겁게 했었다. 달 작가님은 항상 무언가를 더 해주려 했고, 더 가르쳐주려 했다. 평소 접하지 못할 온갖 사람, 음식, 물건, 장소와 함께였다. 하지만 드라마가 끝난 뒤 나는 조심스레 물러났다. 다른 드라마 작가님이 왜 더 이상 드라마 일을 안 하냐고 물었을 때 "제 역량이 부족한 것 같아서요"라고 했다. 그 작가님은 "어차피 부족한 건 다 마찬가지야. 드라마를 정말 하고 싶으면 일단 드라마 판에 남아 있어야 해. 언제든 돌아와"라고 말했고 "네. 감사합니다" 하고 대답했지만 거기 미처 하지 못한 말이 있었다.

"근무시간이 '9 to 6'라면 하고 싶어요. 며칠 밤을 작업실에서 자도 좋으니 퇴근 후에는 연락이 오지 않는다면, 일을 마친 뒤에 나의 일상생활이 가능하다면, 그렇다면 부족하면 부족한 대로 제 단점 대신 장점을 살려서 한 번 더 해보고 싶어요. 제가 쓴 대사가 단 한 줄이라도 들어가면 너무너무 행복하거든요."

일을 할 당시 나는 스스로를 합리화했다. 이 일은 원래 이런 일이야. 특별한 일엔 특수한 상황이 따르는 거지. 남자친구와 잠깐 데이트하러 나갔다가도 띵동- 카톡을 받으면 울상을 하고 집으로 돌아왔다. 따로 시간을 내긴 어려웠기에, 퇴근 후 잠깐 작업실 근처 카페에서 만나 내가 푸념을 늘어놓는 게 그 무렵 우리의 유일한 만남이었다. 친구들과도 연락이 끊겼다. 1년여간 일하며 맘 편히 남자친구와 데이트한 날이 하루 있었는데 크리스마스이브였다. 전날 퇴근길에 달 작가님은 "내일은 연락 안 할게. 편히 쉬어" 하셨다. 크리스마스이브는 남자친구(지금의 남편)의 생일이었다. 그날 하루 '연락이 오지 않을 예정'이라는 사실만으로도 내내 물에 잠겨 있다가 잠시 목 아래까지 수심이 얕아진 기분이었다. 그때, 일과 나는 동등한 관계가 아니었다. 일이라는 커다란 성벽이 개미만 한 나의 일상을 점령했다. 그걸 깨달은 건 시간이 지나 에어백이 터진 뒤였다.

생각해보면 합리화는 포장지만 갈아 끼운 비쩍 마른 생선 같은 거였다. 쿤쿤내가 풍기는 걸 애써 무시하고 '여기, 저 생생한 것 좀 보세요' 하고 동태 눈깔을 한 채 입만 벙실 웃어 보였다. 사람들은 잘 구분하지 못했다. 얘가 지금 잠깐 기절한 건지, 아니면 진즉에 맛이 간 건지. 합리화라는 변수가 간절했던 그때의 나는 옳은 답도 그른 답도 내놓지 못한 채 그때의 시간을 포장지도 뜯지 않고 그대로 꽁꽁 얼려두었다. 정말 상했다 해도 차마 버리진 못할 것 같아서, 서늘한 기운이 풍기는 그것을 가끔 꺼내 보고는 더 깊이, 더 깊은 곳에 다시 넣어두었다.

외로워도 슬퍼도 나느흥… 아안… 우렇…

　　나는 분명히 왼쪽 가슴이라고 했는데 자꾸 오른쪽에서만 동서남북으로 맴돌았다. 초음파 기계는 차가운 젤 위에서 피겨라도 타듯 미끄러지더니 넘어질 듯 말 듯 위태롭게 자꾸만 다시 같은 곳으로 돌아왔다. 그러고도 모자랐는지 목 언저리에 묻은 젤을 쓸어간 선생님은 한 번 더 한 번 더 꾸욱꾸욱 가슴을 누르며 모니터 화면을 샅샅이 뒤졌다. 방이 캄캄하니 그나마 시꺼먼 초음파 화면이 불을 밝혔다. 그전에 유방 초음파 검사를 받을 때는 이렇게 오래 안 걸렸던 것 같은데…. 타닥타닥. 타자 치네. 전에도 저런 걸 쳤나…. 온몸의 피가 초음파 기계를 타고 졸졸졸졸 오줌처럼 새어나가는 것 같았다. 부르르 털어내고 싶은데… 모니터를 보던 선생님이 화면에서 눈도 떼

지 않은 채 "마지막으로 검사받은 게 언제라 그랬죠오
~?"라고 물었다. 순간, 느껴졌다. 어리바리한 나에게도
생존 본능이라는 게 남아 있구나. 방금 선생님은 극악한
마녀가 인자한 과일 장수인 척 백설공주한테 독 사과를
건넬 때 낼 법한 목소리를 냈다. 그게 어떤 목소리냐면
억지로 꾸며낸 태연한 목소리. 굳이 비교하자면 엄마가
이미 내 성적표를 보고도 안 본 척 "시험은 잘 봤어~?"라
고 물을 때의 그 목소리. 이미 내 성적표를 보고도 아닌
척, 모르는 척 자백을 받아내려는 목소리. 내가 다 망쳤다
는 걸 뻔히 알면서.

"한 1년? 2년? 1년쯤 된 거 같아요."

분명 내 대답을 들었을 선생님은 묵묵히 오른쪽 가슴
유두 옆의 그 부분. 벌써 한 1분… 아니 2, 3분은 본 것 같
은 그곳을 기계로 문지르며 초음파 화면을 캡처하고 또
캡처했다. "뭐 이상한 거 있나요?"
하고 물었다. 선생님은 "아, 아니이
~ 그냥 보는 거예요" 했다. 두 번 들
으니 확신이 들었다. 상의를 홀랑
벗은 채 누워 벌서듯 양손을 위로
치켜든 나는 떠올렸다. 내가 용서했
던 과거의 모든 나쁜 사람들에 대해.

눈을 내리깔고 차분하게 숨을 내쉬고 생각했다. 썅년놈들.

　그 짧은 순간에 최악의 상황을 생각했다. 죽기 직전에 일생이 스쳐간다는 게 뻥이 아닐 수 있겠다. 지금 이렇게 머릿속을 KTX처럼 우루루라아악- 달려가는 생각들을 보면. 나는 공자가 아니었다. 현자도 아니고 아직 망자도 아니지. 그저 생리가 끝날 즈음에 왼쪽 가슴이 욱신거리기에 생애 두 번째로 유방 초음파 검사를 하러 온 걱정 많은 20대 후반의 여자일 뿐인데. 혹시, 만약에. 그래, 사람 일은 모르는 거니까. 그래, 만약만약만약- 만약에 내가 유방암이라면. 뭐 상상은 자유니까. 아니겠지만 혹시 혹시혹시- 혹시나 상황이 나쁘면. 이건 다 그동안 내게 스트레스를 준 수많은 그 연놈들 때문이라고 생각했다. 시간이 지나고 보니 추억이라느니 어쩌니 해놓고 그 순간 떠오른 생각이 고작 그거였다. 애니메이션 〈사우스 파크〉에 나오는 에릭 카트먼이 된 기분이었다. "퓍 유 빗치"라고 내뱉는, 세상에서 제일 유치한 그 목소리. 그다음에 떠오른 건 남편이었다.

　그래 어차피 일어난 일이라면. 불과 한 달 전에 나랑 결혼한 내 남편만 불쌍하게 됐네. 나야 뭐… 어쩐지 매일 매일이 너무 행복하다 했다. 라면에 김치만 먹어도 행복하고 귤을 까먹어도 행복하고 고양이 털에 범벅이 된 채 낮잠만 자도 행복하고. 평생 느낄 행복을 가불해서 그렇게 태평한 거였구나. 그래도 보험 든 게 있어서 다행이다. 보험료는 얼마나 나오려나. 사망보험도 있던가. 있어야 하는데. 책 원고는 아직 마무리 안 됐는데 그래도 써놓은 게 있으니까 괜찮겠지? 나 죽고 책이 잘되면 어떡해? 그럴 수도 있지. 상상이니까. 인세 수령자는 남편으로 해봐야겠다. 나 죽고 우울할 텐데 세계 여행 다니면서 고프로 카메라로 영상이나 찍고 살아라. 인세가 그만큼은 안 나오겠지? 그래도 이 정도면 행복한 인생이었다. 남편을 만나서 다행이었어. 그 짧은 순간에 떠오른 얼굴은 내가 미워했던 사람과 사랑하는 사람이었다.

"닦고 일어나세요. 옷 입으시고요."

나는 가슴 위에 얹어진 키친타월로 쓱쓱 남은 젤을 닦았다. 찝찝한 이 기분. 선생님의 찝찝한 저 표정. 꼬치꼬치 캐묻고 싶은데 어차피 대답도 안 해줄 것 같아서 주섬주섬 옷을 입으며 "이거 되에~게 긴장되네요. 하!하!" 했다. 나도 태연한 척. 그랬더니 선생님이 "걱정 마세요. 괜찮아요"라고… 해주길 마지막으로 바랐지만, "한 번 해보

셨다면서요" 했다. 흥. 보통이 아니시군. 원하는 대답을
얻지 못한 나는 맨투맨 티셔츠를 입고 뒤틀린 머리카락
에 다시 모자를 얹은 채 절뚝거리듯 검사실을 나왔다.

　여기는 지하 1층이고 결과를 들으려면 다시 3층으로
올라가야 하는데. 운동 부족이니까 한 걸음이라도 더 걸
어야지… 하고 계단을 찾다가 그냥 엘리베이터 버튼을
눌렀다. 검사 다 했다고 말하려고 보니, 간호사 선생님이
어딜 가고 없었다. 그래서 대충 의자에 앉아 기다리고 있
었는데 진료실에서 나보다 어려 보이는 여자가 나왔다.
얼굴 표정이 궁금했지만 애써 쳐다보지 않다가 나도 모
르게 슬쩍 봐버렸다. 시험을 망친 것 같은 표정이었다. 핸
드폰을 들어 카톡을 열었다. 목록을 훑다가 언니와의 대
화창을 열었다. '되게 긴장된다ㅋㅋㅋ' 언니는 별 대답도
안 하는데 줄줄이 ㅋㅋㅋ를 뒤섞어가며 연달아 메시지를
보내고 있자니 내 이름이 들렸다.
　"오른쪽 유방에 혹이 있어요. 하나는 2mm. 다른 하나
는 6mm."
　그래도 나는. 아무리 혹시나 했어도. 이건 아닐 줄 알
았다. 아니 이건. 그래도 이건. 아니어야지.

고3 여름방학 야자 시간에 담임선생님이 농담처럼 말했던 '대학 한 군데도 합격하지 못하고 졸업식에 오는 애'가 내가 됐을 때도. 드라마를 못 하는 게 아니라 힘들어서 안 하는 거라고 친구들에게 구질구질 구구절절 설명했을 때도. 프리랜서 작가가 주차권을 쓰면 어떡하냐고, 주차비 2만 5000원을 횡령했다고 부장에게 불려 갔을 때도. 나는 아니라고 생각했으니까. 그래도 나는 아니라고, 아니라고 생각했다.

　　"6mm짜리 혹. 사진으로 보니까 커 보이는데. 실제로는 요만한 거예요" 하면서 선생님은 엄지손톱을 검지손가락 거의 끝부분에 얹었다. 무표정한 얼굴로, 유방에 이리저리 치여 지친 듯한 얼굴로 굳이 나를 안심시키려고 그 한마디를 해준 게 고마웠다. 벌써 독 사과를 어석어석 베어 문 표정으로 멍하게 앉아 있으니 선생님이 말했다.
　　"6mm 요거. 요거는 추적검사를 할 거예요."

　　6개월 뒤에 오라고 했다. 일단 왼쪽은 멀쩡하고. 오른쪽 유방에 있는 혹도 모양이 나쁘지 않으니 6개월 뒤에 와서 크기가 커지는지 보자고 했다. 조직검사는 그때 보고 필요하면 하든지 말든지 하자고. 당장은 괜찮은 거였다. 나는 어리바리한 표정으로 일어나서 나갔다. 간호사 선생님이 2층에서 수납하고 가라며 방긋 웃었다. 계단이 어딨더라…. 타당타당 금방 계단을 미끄러져 내려갔다. 아까 속으로 욕했던 사람들에게 미안한 마음이 들었다. 그렇게 남 탓을 하다니 나는 참 아직도 부족한 사람인 게 야. 초음파 검사비가 10만 원이 넘었다. 보험료를 청구하려고 진단서니 뭐니 필요한 서류를 받았다. 주차증에 도장까지 받아 다시 계단으로 타당타당 1층에 내려갔다. 기계식 주차장이 망가져서 30분은 기다려야 한다고 했다. 가을과 겨울 사이의 틈을 비집고 불어온 바람이 시원했다. 남편에게 전화를 걸었다.

"자기야~ 나 오른쪽 가슴에 쬐끄마한 혹이 있대" 하는데 갑자기 눈물이 났다. "초음파 해주는 선생님이 한군데를 자꾸 보는데 무서웠어여…. 괜찮아, 진짜 괜찮아. 그냥 놀래써여. 응. 집에서 얘기해여. 네에. 이따 바아."

얼마나 기다려야 할지 모르니 병원 1층에 있는 카페로 갔다. 따뜻한 바닐라라테 한 잔을 주문하고 창가 자리에 앉았다. 볕이 비추던 의자에 앉으니 궁둥이가 뜨뜻했다. 남편에게 한 그 말을 엄마에게 또 하고, 언니에게 또 했다. 차를 빼지 못하고 발이 묶인 사람들이 하나둘 카페로

왔다. 그래 봤자 다섯이었다. 시간이 한참 지난 것 같은데 라테가 따뜻했다.

　"사공둘둘! 사공둘둘!"

　차 번호를 부르는 소리에 묵직한 종이컵을 들고 벌떡 일어섰다. 옆자리에 앉은 아주머니에게 먼저 간다고 인사했더니 잘 가라며 웃어주셨다. 집에 도착해 문을 열었더니 고양이들이 쪼로로- 달려 나왔다. 여느 때 같으면 못 나오게 막았을 텐데 현관 바닥에 부비부비 등을 부비는 털북숭이를 쪼그려 앉아 지켜봤다.

돌들의 면면

방송작가는 (거의) 모두 프리랜서라서 여러 방송국, 다양한 팀을 옮겨 다니며 일할 수 있다. 한 프로그램에서 같은 제작진과 몇 년씩 함께 일하는 작가도 많겠지만 난 보통 1년 간격으로 일이, 그리고 팀이 바뀌었다.

다큐-다큐-다큐-교양 프로그램 잠깐-드라마-쉬며 알바하고-뉴스.

다큐의 경우 한 팀이 보통 3부작짜리 방송을 1년여간 만들고 방송 후 해산한다. 매주 방송이 나가는 건 수십 개의 팀이 각자 1년 넘게 준비한 분량을 내보내는 거다. 한 방송국의 다큐팀에서 3년간 일하긴 했지만, 세 개의 다른 주제로 각각 다른 팀과 일했다. 팀을 옮기면서 같이 일하는 사람들이 바뀌는 게 좋았다. 이유는… 어차피 엄청나게 잘 맞는 사람이 없을 바에야 차라리 자주 바뀌는 게 좋아서다. 조금 슬프지만 그랬다. 여기저기 굴러다니던 돌들이 우연히 만났는데 아귀가 딱! 들어맞는 건 기적이다. 성격도 잘 맞는 사람이, 나와 일하는 속도와 경도와 위도까지 맞기란 쉽지 않다. 그러므로, 낯선 사람은 대개 나랑 잘 맞지 않는다. 그렇지만, 어느 정도 어설프게 맞는 부분이 있고, 그럼에도 불구하고, 아귀고 뭐고 뺨따귀를 날리고 싶은 사람도 있다. 상대 입장에서도 내가 그런 존재일 거다. 새로운 팀을 만날 때마다 그 아귀를 확인해가는 단계가 있다.

초반엔 웬만하면 다 좋다. 좋은 점만 보이니 앞으로 희망차고 눈부신 시간이 펼쳐질 것 같다. 한 달 즈음 지나 조금씩 적응이 되면 사람들과 말을 하는 횟수가 늘어난다. 별생각 없이 이런저런 대화를 나눈다. 그리고 한 석 달 즈음 되면 뭔가 이상하다. 어디서 긁히는 듯한 이 소리, 나만 들리나? 끼익, 끼익, 끼이익! 나와는 다른 성격들이 모나게 느껴지고, 안 맞는 부분이 계속 내 속을 긁는다. 상처받는 일들이 생긴다. 저런 이상한 사람을 치음엔 왜 좋은 사람이라고 생각했을까 싶어진다. 상대방 역시 내가 자신이 기대했던 사람이 아니란 걸 깨달아가는 시간일 거다. 그렇게 부딪히고 날카로워질 즈음, 예상치 못한 곳에서 불쑥 위로받는다. 어색하기만 했던 조연출의 실없는 농담, 자주 마주치지도 않는 다른 팀 막내작가가 건넨 달콤한 초콜릿, 나이 지긋한 행정팀 차장님의 칭찬, 얼굴도 모르는 사람의 친절한 답변 메일. 손에 보드랍게 쥐여지는 몽돌처럼, 그런 것들이 다시 나를 둥글둥글 몽글몽글하게 만든다. 상처와 위로를 주고받으며 반년쯤 지나면 너도 나도 성격을 파악해서 일하기가 수월하다. 나는 저 사람의 저런 면이 싫고, 보아하니 저 사람도 나의 이런 면을 싫어하는 것 같으니 안 맞는 면을 서로에게 향하지 않고, 개중에 아귀가 맞다 싶은 부분만 그쪽으로 향하며 요령껏 일한다.

그렇게 1년 이상 함께 일한 팀은 다섯 팀. 그중에 따로 연락하고 지내는 건 두 팀. 또 그중에서도 주기적으로 만나는 팀은 겨우 한 팀이다. 방송작가 2년 차에 만난 패션 다큐팀은 1년에 두세 번 정도 만난다. 이제는 은퇴하신 피디님과 작가님, 당시 편집감독이자 지금은 나와 결혼해 매일을 함께하는 남편 그리고 막내작가였던 나까지.

서로가 잘되기를 진심으로 바라고 자신과 다른 생각에도 판단의 잣대를 들이대지 않는 사람들. 짧은 경력에 그런 사람들을 만났다는 게 큰 행운이다.

6년간 방송국에서 수십, 수백 명의 사람을 만났어도 아귀가 맞는 사람은 열 손가락 안에 꼽는다. 성별과 나이에 상관없이, 내 옆에서 일하는 이 사람과 일을 그만둔 뒤에도 회사 밖에서 따로 만나 편하게 맥주 한잔을 하고 싶은지는 함께 일하는 그 순간에 알 수 있다. 내가 정말 이 사람의 감성이 궁금해서 어젯밤 봤다는 영화에 관해 묻는 건지, 아니면 단지 아무 말 없는 뻘쭘한 빈 공기를 채우고 싶었던 건지, 나는 안다. 달걀 작가가 회의 시간에 나의 일상을 낱낱이 해부할 때마다, 이 사람이 정말 막내작가의 일상을 탐구하고 싶어 하는 건지, 뭐라도 해야겠다 싶어서 뽑아 든 칼이 민망하니 만만한 막내에게 칼날을 겨눈 건지, 모두가 알 수 있었다. 질경질경 껌 씹듯 누군가의 지난 일상을 심심풀이 땅콩으로 까보던 관계들은 일이 끝난 뒤에도 말라비틀어진 껍데기만 나뒹굴 뿐이다. 시간이 지나도 곁에 남아 있는 사람들은 진심으로 서로가 더 행복하게 일하길 바라고, 어떻게든 조금이라도 도와주고 싶어 했던 몽돌 같은 이들이다. 부딪히는 순간마저도 오르르륵… 기분 나쁘지 않은 마찰음이 번지던 이들. 그런 사람들이 문진처럼 나를 지긋이 잡아준다. 아직 가벼운 내가, 무게가 없는 내가, 불어오는 바람에 흔들려 그림을 그려내지 못하는 일이 없도록. 나의 사방을 둘러싸고는 내가 걱정 없이 고개를 들고 찬찬히 세상의 풍경을 담을 수 있게 도와준다. 나의 몽돌 같은 이들 덕에, 그들이 나의 곁에 그저 가만히 머물러준 덕에, 구깃구깃 나풀나풀 도저히 무엇도 그려낼 수 없을 것 같은 텅 빈 백지 같던 나도, 부족한 점과 적당히 그은 선과 어둡지 않은 면면들로 나의 여백을 조심스럽게 채워나가고 있다. 어설픈 그림이 되리라는 건 진즉에 알고 있었지만, 그래서 무서웠지만, 그것도 괜찮을 거라고 말해주는 사람들이 있기에.

얼라와 으른 사이

　신을 믿지 않던 어린 시절의 나에게 절대자는 부모님과 선생님이었다. 가끔 개기긴 했지만 그래도 그들에겐 흉내 낼 수 없는 으른의 기운이 있었다. 일단 나보다 몸집이 컸고, 돈이 있었으며, 내게 이래라저래라 할 수 있는 권한이 있었다. 고작 그 정도만 갖추면 으른이라고 생각한 덕에 난 쉽게 으른이 됐다. 이미 중학교 때 내 키는 엄마 아빠를 넘어섰다. 대학을 졸업하고 일을 시작하면서 나름 생계를 꾸릴 만큼 돈이 생겼고, 일을 하든 절을 하든 내 인생은 내가 선택하게 됐다. 그래도 부모님과 선생님에 대한 어떤 절대적 이미지가 남아 있었는데 그 믿음은 곧 흔들렸다. 고등학교 시절, 수업 시간에 다정하게 서로의 팔에 낙서를 주고받던 친구가 있었다. 바로 그 친구가, 선생님이 되었다. 벙찐 나에게 친구가 말했다.

"나 원래 애들 좋아해."

취업할 즈음이 되자 다른 친구들의 소식이 줄줄이 들려왔다. 신생아 같은 뽀얀 피부에 아기 목소리로 얘기하던 그 친구가 경찰이 됐다더라. 가오나시처럼 체 육복을 머리에 뒤집어쓰고 다니던 걔는 책을 만드는 편집자가 됐단다. 교복을 쫄티처럼 입던 걔, 바로 걔는 애를 낳아 지금 엄마가 됐다. 그리고 키만 삘쭘하니 커가지고 미대 가겠다며 야자 빼먹던 걔, 바로 나는 뉴스 만드는 일을 하고 있다. 세상이 이래도 되는 건가. 애들한테는 소꿉장난만 시켜야지, 아직 얼라 같은 중생을 결승전에 내보내도 되는 건가 싶은데 예상외로 사회 곳곳에서 자신의 리그를 찾아 뛰는 애들을 보며, 무엇보다 나를 보며 깨달았다. 이거 뭐 얼마나 으른이나 손에 손잡고 벽을 넘어서 도긴개긴이구나. 고작 내가, 얼빠진 실수나 하는 내가 쓴 원고가 뉴스에 나간다니. 사람들은 나 같은 사람이 뉴스를 만든다는 걸 알기나 할까.

수업 시간에 낄낄대며 컴퓨터용 사인펜으로 친구 팔에 낙서하던 나는, 낙서가 지워지지 않아 며칠 동안 얼룩덜룩한 팔로 다니던 나는, 10년이 지난 지금의 나와 뭐가다를까. 땅바닥에 그어진 허름한 선 하나를 두고 한 걸음만 더 나아갔을 뿐인데 민증이랍시고 플라스틱 쪼가리하나 툭 던져 주고 '너는 이제 으른이다! 땅땅!' 했다. 어리둥절한 나는 어쨌든 민증을 받아 들고 '시간이 지나면더 나은 사람이 되겠지' 기대하며 지냈지만 시간이 지날수록 진국이 되는 건 꼬리곰탕만이 해낼 수 있는 일이었다. 세일러문이 변신하는 것처럼 화려한 과정을 기대한건 아니지만 그래도 으른이 되는 과정이 이렇게 수영장에서 미끄럼틀 타고 꺄악- 하다가 뿅 도착해버리는 허무한 일이어도 되는 건가. 그렇게 혼란스러운 사이, 내 이름과 당혹스러운 얼굴이 박힌 운전면허증이 나왔다.

게임장에서 운전게임을 할 때 30초도 못 버티던 내가진짜 차를 몰고 출퇴근하게 되었다. 운전한 지 1년이 지나서도 운전대를 잡을 때마다 '이거 진짜 운전해도 되는건가' 싶다. 운전하는 사람들이 다 나처럼 어설픈 인간들인 줄 알았으면 일개 횡단보도 위의 페인트만 믿고 도로에 들어서지 않았을 건데. 정자 시절의 내가 난자를 만나는 데에 내 운의 절반을 썼다면 나머지 운의 절반은 지금까지 죽지 않고 사는 데 쓰는 것 같다. (부디 남은 운이 있기를!) 나 같은 사람들이 도로에서 시속 80km가 넘는 속도로 쌩쌩 달린다고 생각하면 오금이 저려서 이젠 뒷좌석에 앉아도 꼭 안전벨트를 한다. 아무리 생각해도 세상은 내가 너무 많은 일을 하도록 내버려두는 것 같다. 왠지 사람들을 속이고 신내림을 받은 척 칼춤이라도 추는 기분이다. 대충 그럴듯하게 흉내만 내도 진짜라고 믿어주니 얼렁뚱땅 넘어가는데 이다음에도, 또 이다음에도 이렇게 넘어갈 수 있을까. 내가 가짜 으른인 걸 사람들이 알아채고 딱지라도 떼면 어쩌지.

그럼 초등학교부터 다시 다녀야 하나. 맘 같아선 세 살 때부터… 가능하다면 정자 시절부터 다시 시작하면 어떠려나. 그래서 내가 아닌 다른 아이가 태어난다면 지금의 나보다 나은 으른이 될까.

예전에 책을 읽다가 문득 와닿아 수첩에 적어둔 문장이 있다. "삶은 항상 밑그림 같은 것이다. (중략) 우리 인생이라는 밑그림은 완성작 없는 초안, 무용한 밑그림이다."* 이렇게 어설픈 채로 괜찮은 건가 싶은 생각은 나만 해본 게 아닌가 보다. 정말 다 나 같은 사람이 하는 일이라면 '사람 하는 일, 다 거기서 거기지' 싶다. 그래서 찐따머저리뷰웅신 같은 상사 때문에 열받다가도 '나사NASA에 가도 또라이는 있겠지' 생각한다. 그렇다고 딱히 위안이 되는 건 아니고 오묘한 단짠단짠의 감정이 몰려온다. 이 지구에 다 나 같은 사람이 살고 있다면 외계인이 보기에 얼마나 한심한 행성일까. 지구에 와도 안 놀아주겠지.

　서랍을 열다가 손을 찧으면 엉엉 서럽게 우는 내가, 서른인 친구들 사이에서 내 생일은 빠르니 아직 스물아홉이라고 얄미롭게 웃는 내가, 찧은 손가락을 부여잡고 고양이를 쫓아가 호- 해달라며 불쌍한 척하는 내가, 결혼까지 했다. 오늘이라도 임신을 하면 축하받을 거란 사실이 이상하다. 나는 아직인데… 아직인데…. 요상하고 시끄러운 아이가 쑥쑥 자라는 모습을 보면서 우리 엄마도 나는 아직인데… 아직인데… 했을까. 아픈 손가락을 꽁꽁 부여잡고 손톱이라도 빠진 게 아닐까 하며 빼꼼 쳐다

＊　밀란 쿤데라 지음, 이재룡 빈역, 《참을 수 없는 존재의 가벼움》, 2010년, 민음사

봤더니 빨간 피만 찔끔 맺혀 있었다. 나는 되게 아프지만 엄살이라고 생각하겠지 싶어서 연고를 바르고 밴드를 감았다. 이제 이 정도 다친 일로는 엄마에게 아프다고 말하지 않는다. 으른이 되어 달라진 건 그것뿐인 것 같다.

쓰리, 투, 원!··· 원! 원원!!

   중학생 때였다. 휘잉~ 뀨아악! 대롱대롱··· 뚝뚝 떨어지는 사람들을 보며 입꼬리를 흐들거렸다.*

   '번지점프는 저렇게 순식간이구나. 드디어 나도 해보는구나.'

   철컹철컹 발목을 휘둘러 감은 장비가 꽤 무거웠다. "아빠 나 번지점프 해보고 싶어"라고 말한 뒤 며칠이 지나 나는 50m 번지점프대 위에 서 있었다. 갈 곳 잃은 시선으로 뻥 뚫린 아래를 쳐다보고 있는데 갑자기 뒤에서 카운트다운이 시작됐다. "쓰리!!" 이렇게 갑자기? "투!!" 나는 아직 준비가 안됐는데···. "원!!"

---

*   흔들거리는 것보다 더 미세하고 얕게 파르르 떨리는 모습을 이르는 표현이다. 내가 만들어낸 말이다.

＊

　멀리서 보면 그렇게 다 만만해 보인다. 고향인 원주에는 어딜 가든 병풍처럼 치악산이 드러누워 있다. 손꾸락만 한 게 맨날 조용히 숨죽이고 있기에 축지법을 써서 세 걸음이면 훅훅 오를 수 있을 것 같았다. 아무려면, 중2는 겁이 없지. 원주에서 학창 시절을 보낸다면 무조건 치악산에 오르게 된다. 날뛰는 애들을 떼거리로 버스에 태워다가 산에 던져놓으면 10분 만에 조용해지니까. 학교는 애들을 산으로 날랐다. 멀리서 치악산을 둘러볼 때 내가 《잭과 콩나무》에 나오는 '거인'처럼 느껴졌는데 가까이 가면 갈수록 훅훅 쪼그라들어 '앤트맨'이 됐다. 앙심을 품은 산이 흙에다가 끈끈이를 섞어놓은 게 분명했다. 가면 갈수록 발이 떨어지지 않았다. 산이 나를 잡을 셈이었다. 분명 짧은 코스였을 텐데 꼬박 반나절이 걸렸다. 찌질한 중2들은 넘쳐나는 정력을 산에 뺏긴 게 억울한지 다들 울상을 한 채 내려왔다. 그 후로도 산은 매일같이 나를 내려다보며 '이제 세상 무서운 줄 알았더냐' 했지만 중2는 알 리가 없지. 나는 아직도 산을 좋아하지 않는다.

　20대가 되고도 중2병을 극복하지 못한 나는 드라마 같은 세상에 발을 들여놓으면 내 세상도 로맨틱 코미디가 될 줄 알았다. 스릴러나 SF는 고사하고 등신같이 고도를 기다리며 주저앉아 있는 책처럼 지루한 희극이 될 줄은 몰랐다. 드라마 보조작가로 일한 시간이 1년 남짓이었다면, 앞선 '1년여 : 마지막 일주일'의 체감 시간이 '1 : 9'정도였다. 처음엔 새로운 일과 환경이 주는 동력으로 후그덕후그덕 경주마처럼 달렸다. 적응하느라 한두 달은 금방 지났다. 자료 조사를 본격적으로 시작하고 셋, 넷, 앞만 보고 계속 달리는데 어쩐지 같은 곳을 맴돈다고 느끼며 다섯, 여섯, 대본 작업이 계속되고, 얼마나 더 달려야 끝날지 몰라 숨을 고르며 일곱, 여덟… 대강 달리는 시늉만 하며 아홉, 열…. 끝나려면 발을 떼어 더 가야 하는데, 갈수록 발이 안 떨어졌다. 끈끈이. 산에서 내 발을 잡던 그 끈끈이가 마지막 일주일에 웅컹웅컹 쏟아졌다. 이번엔 발뿐 아니라 작업실 전체를 푸딩처럼 메웠다. 유종의 미는 모르겠고 임종에 이르는 느낌이었다. 하드웨어인 뇌는 두개골 안에 있는데 누가 유심칩을 뽑아가서 영혼이 로그아웃되고 "너는 어떻게 생각하니이이~~" 작가님의 목소리는 메아리처럼 울리고, 사정거리를 벗어난 정신줄의 와이파이는 잡히지 않고, 그렇게 마지막으로 희미하게 남은 배터리 잔량 1%가 꺼질락 말락…. 내 맘 같지 않았던 일들은 항상 마지막이 더 힘들었고 제발 빨리 지나갔으면 좋겠다 싶은 시간엔 항상 그놈의 끈끈이가 나타났다.

✳

"원!!" 뛰어내릴 수 없었다. "점프!!" 너무 높았다. "잠, 잠깐만요!!" 서 있는 것만으로도 200% 공포가 느껴졌다. "자~ 다시! 쓰리, 투, 원!" 나는 다급히 손잡이를 잡았다.

"원! 원원!!"

"아, 아, 제가 뛸게요. 제가."

정색했기 때문에 더 찐따 같아 보였을 거다. 심호흡을 하고 직원에게 마지막으로 물었다.

"환불 안 되죠?"

"네 안 됩니다아~ 쓰리~ 투~ 워언~~! 저엄프으!!"

두 누운을 꼬옥 가암고 허어공에 다아리를 후우우우우우우우우욱 휘이이이이이이이이잉 그으래 이쯤이면 뀨아아악 비명을 지르려고 했는데 아직 떨어지고오 이있네에에에엔 휘이이이이이이이이이 대애체 어언제까아지 떠얼어지이나아 휘이이이이이이이이이이이이잉.

계속 떨어졌다. 1분은 지난 것 같은데. 계속 떨어졌다. 아차, 싶었다. 줄이 끊어졌구나. 이렇게 죽는구나. 그렇게 생각하는 동안에도 계속 떨어졌다. 그래도 밑은 강물이라서 혹시 살 수도 있지 않을까. 아니면 벌써 물에 빠진 건가 하고 눈을 찔끔 떠 보니 산이, 저 멀리 산이 거꾸로 대롱대롱 매달려 있었다. 그때, "여기 봐, 여기!!" 카메라를 든 아빠가 소리쳤다. 사진 속에서 이승에 거꾸로 매달려 있던 나는 얼굴에 검붉게 피가 쏠린 채 황망한 표정으로 렌즈를 쳐다보고 있었다. 내 생애 가장 긴 시간이었다.

길고 짧은 시간들을 지나 시작한 아침 뉴스팀에서의 일은 나의 창의력을 요하지 않았고 간단했다. 다른 누가 해도 나만큼 할 수 있는 일. 새벽에 일어나서 출근하고 퇴근하고 다시 새벽에 일어나 출근하고…. 끈끈이가 없는 시간들은 스르륵 미끄러져 갔다. 같은 1년인데. 다큐를 했을 때나 드라마 일을 했을 때와 같은 1년인데 아침 뉴스팀에서의 1년은 너무 빨리 지나가버렸다. 요즘의 나는 주저앉은 채 떠밀려 오는 오늘을 어제로 흘려보내고만 있다.

언제 올지 모를 고도를 기다리는 책*에서 두 사람은 이런 대화를 한다.

블라디미르   아무도 도와줄 수 없는 데서 가다가 넘어지면 어쩔려고?

포조   일어날 수 있을 때까지 기다려야겠지. 그리고 나서 다시 떠나는 거요.

만만한 나날 속에 너무 오래 주저앉아 있자니 다리가

---

*   사뮈엘 베케트 지음, 오증자 번역, 《고도를 기다리며》, 2014년, 민음사, 149쪽

저려오는 것 같다. **쓰리!** 하지만 일어나도 어딜 가야 할지 모르겠는데. **투!** 앞에 보이는 건 산뿐이고. 끈끈이 같은 질긴 시간들에 숨이 가빠올 텐데. 그런데… **원!** 이제 내 인생에 뛰어들 시간인 것 같은데. **원!!** 겁은 나고. **원!!! 원!!!!** 나는 이제 어쩌지.

디데이

나는 그날 내가 일을 그만둔다고 선언할 줄 모르고 일단 출근을 한 거다. 평소와 다름없이 일하고 있다가 갑자기 유체이탈이라도 한 듯 사방을 가만히 둘러봤다. 저 부장 놈, 피디, 작가들 그리고 앉아 있는 나까지. 그러다 문득 생각했다. 나 여기서 뭐 하고 있는 거지.

사람은 힘들면 화를 내지만 식물은 잎을 후들거리며 죽어간다. 차라리 꽥 하고 죽으면 모르겠는데, 이게 다 너의 부주의 때문이라며 좁은 화분에 처박힌 채 안절부절 끝까지 사람을 괴롭게 한다. 진짜 죽은 건지 죽기 직전인 건지 긴가민가해서 마른 잎을 떼려고 하면 또 떨어지지도 않고 질기게 붙어 있다. 그럴 땐 '죽은 줄 알았는데 아직 아닌가 보구나' 하고 민망해져서 그냥 둔다. 그러면 어느 날엔가 갑자기 똑, 하고 잎이 떨어져버린다. 그러니까 그날이 바로 그 똑, 하는 날이었던 거다.

그동안 나를 당긴 손이야 많았다. 먼저 이 부장. 우리 팀에서 자가용으로 출근하는 사람 중에 나만 주차 자리가 없었다. 프리랜서라서도 아니다. 프리랜서인 리포터들에게는 주니까. 작가라서도 아니다 메인작가는 주니까. 주차 자리 안 준다 한들 막내인 네가 어쩔 거냐 싶은 거다. 여하튼 방문자용 주차권을 한 장 사용한 게 문제였다. 부장 놈이 나를 불러 주차권을 사용했으니, 주차비만큼의 금액을 횡령한 거라고 했다. 메인작가에게도 허락받았고, 주차팀에도 구구절절 제가 프리랜서이고 주차 자리가 없는데 방문자용 주차권을 사용해도 될지 설명하고 사용한 것이었지만… 민폐가 될까 그 얘긴 하지 않았다. 당시에는 내가 '횡령'이라는 말도 들어보는구나 싶었는데 줄줄이 소시지처럼 '배임, 탈취, 공동정범'이라는 말이 따라왔다. 듣고 있으니 울화가 치밀었다. 다 듣고 나서만 죄송하다고 말한 뒤, 평소 궁금했던 걸 물어봤다.

"왜 작가는 근로계약서를 쓰지 않나요?"

부장은 프리랜서는 자유로워서 안 쓴다는 둥 프리랜

서를 정규직이랑 동등하게 대해주면 근로기준법에 위반된다는 둥 알 수 없는 얘기를 늘어놓았는데, 여전히 동그랗게 빤히 쳐다보는 내 눈을 보더니 그렇게 따지고 들면 프리랜서 작가들은 휴가고 뭐고 없다는 말도 했다. 제 딴에는 내 기를 죽이고 싶었던 것 같다. 그래도 그만두지 않은 건 그 대화를 다 녹취해둔 덕분이었다. 비장의 무기를 품은 비밀 결사대라도 된 기분이었다.

　그리고 이 피디. 아이템을 정하던 어느 날 내 볼에 뭐가 묻었다며 손가락으로 장난치듯 내 볼을 콕콕 문질렀다. 아하하~ 하고 넘어가려 했지만 왠지 찜찜해서 그 주 금요일에 조용히 가서 말했다. "저… 피디님 얼마 전에 제 볼을 이렇게 만지셨는데… 그러니까, 악의는 없으셨겠지만 앞으로 안 그러셨으면 좋겠어서요. 하… 하…." 덜덜 떨리는 손은 뒤로 잡고 있었으니 못 봤을 테지만, 내 얼굴은 이미 터지기 직전으로 시뻘겋게 부풀어 올랐다. 그래도 나는 맹세코 최대한 조심스럽게 말했다. 피디는 "다신 터치 안 할게"라고 간결하게 말했고 나는 온몸이 여전히 둥둥거리는 채로 자리에 돌아와 앉아서 '피디님이 생각보다 괜찮은 분이구나' 생각했다. 하지만 그다음 월요일에서야 아니라는 걸 깨달았다. 분노가 역력한 표정과 말투로 나에게 할 수 있는 최대 위협은 아이템을 늦게 정해주거나 늦게 정해주면서도 많은 아이템을 배당하는 거였다. 그러거나 말거나 "예. 알겠습니다" "감사합니다" "죄송합니다. 주의하겠습니다"만 반복했더니 제풀에 잠잠해졌다.

　마지막으로 같은 팀의 선배 작가. 처음엔 좋아했던 그 선배. 힘든 얘기만 하면 그렇게 열심히 대답해주던 선배. 이제 어느 정도 일한 기간이 있으니 월급을 올려 받고 싶다 했더니, 내 외신 코너는 이도 저도 아니라 돈 올려 받기가 애매하지 않겠냐며 "너도 하는 일을, 돈 더 주고 영어 잘하는 작가 데려오겠니?" 했다. 수능 날 풀어본 언어영역 이후로 오랜만에 마주한 난해한 문장이었다. 다 이해하지는 못했지만 본능적으로 "언니, 저 영어 잘하는데요?" 했다. 하루 종일 그 문장이 기생충처럼 내 머릿속을 헤집고 다녔다. 어느 날은 작가진 다섯 명이 조촐하게 함께 커피를 마시러 갔다. 서로 자기가 사겠다며 실랑이하는 와중에 그 선배의 목소리가 유난히 또랑또랑하게 들렸다.
　"난 콜롬비아."
　매번 공짜로 얻어먹으려고 하면서 고맙다는 말 한번

안 하는 그 선배의 콜롬비아 커피는 진짜 정말 빼고 주문
하고 싶었다.

　하지만 내가 일을 그만둔 건 횡령 부장 때문도, 손가락
피디 때문도, 콜롬비아 선배 때문도 아니었다. 디데이 날
의 일은 생각보다 허무하게 벌어졌다. 일하다가 멍하니
옆자리에 앉은 동료 작가에게 "나 그만둘까 봐"라고 말
했고 동료도 "저도 그만두고 싶어요" 했다. 거기까진 일
상적이고 지극히 평범한 대화였는데, 문제는 메인작가에
게 오늘 끝난 후 잠깐 뵙자고 메시지를 보낸 거다. 메시
지를 보내고 나서 생각했다.

　'무슨 말을 하지. 어…? 나 진짜 그만두는 건가.'

　결국 방송이 끝난 뒤 휴게실에 앉아 이번 달까지만 일
하겠다고 말했다. 이 사이에 낀 시금치 줄기처럼 절대 떨
어지지 않을 듯 질기게도 버텼는데 웬걸 너무 쉽고 연약
한 자태로 '톡' 하고 분리돼버렸다. 나를 고통스럽게 했던
복부 가스가 집에 오니 허무하게 푸슈슝 빠져나가버린
것처럼. '너어~? 겨우 이렇게 될 거면서 나를 그동안 그
렇게 힘들게 했니?' 싶기도 하고, 이제라도 속이 편안해
져 다행이다 싶기도 했다.

그렇게 일을 그만뒀다. 의도한 건 아니지만 6개월 전에 '에라 모르겠다' 하고 예매해둔 항공권이 있었고, 나는 지금 스페인행 비행기 안에서 글을 쓰고 있다. 여행 기간은 8박 10일이다. 그동안 언니가 우리 집에서 지내며 고양이들을 돌봐주기로 했다. 끝나고 돌아가면 고양이 옷을 만들어볼까 싶다.

✧에필로그✧

이끼의 여행

 "푸악!!!" 코와 입으로 시큼한 토사물이 질질 흘렀다. 스페인으로 향하는 비행기 안에서 출판사에 보낼 글을 쓰고도 시간이 남아 남편과 체스를 했다. 지고 지고 또 져서 쒸익쒸익 오기로 계속하다가 딱 한 판 이기고는 끝냈다. 글도 다 썼겠다, 체스도 이겼겠다, 여행을 앞두고 있겠다, 신이 났다. 고거 체스 한 판 이긴 걸로 이미 챔스 우승이라도 한 것 같은 기분이었다. 좁은 좌석에서 굳이 굳이 굳은 관절을 비틀어 어깨를 들썩이며 남편을 약 올렸다. 그리고 빵과 함께 나온 화이트와인을 딱 반 잔. 반 잔 마셨는데…. "푸아악!!" 경유하는 이탈리아 공항 화장

실 칸에 들어서자마자 누가 내 얼굴 안에서 토사물을 담은 물풍선을 팡! 터뜨린 것처럼 그것이 뿜어져 나왔다. 그때부터 눈치챘어야 한다. 나는 여행을 좋아하지 않는다. 다른 사람은 모두 하고 싶어 하는 그 여행이기에 나도 가고 싶은 줄 알았지만 나는 정말, 별로, 여행을 좋아하지 않는다.

나는 전생에 아마 이끼였을 거다. 민들레 홀씨가 팔롱팔롱 날아다니며 "하하하핳~ 이끼야~ 너는 궁둥이에 좀이 쑤시지도 않니~?" 하는 걸 보고 약이 올랐겠지. 그 한을 품고 있다가 지구 구석구석을 날고 걷고 헤집는 인간으로 태어났지만…. 나에게 완벽한 하루는 고양이들과 침대에 누워 중력에 몸을 맡기고 있는 날이다. 그런데 옴찔옴찔 몸을 움직여 기어이 비행기에 실린 거다. 한 시간 두 시간… 열 시간여의 비행을 하며 이끼는 말라갔다. 그곳에 성묘라도 온 듯 휘이휘이 창백한 알코올을 흩뿌렸으니…. 물풍선을 탈탈 털어내고 누렇게 질려버린 나는 이승과 저승의 갈림길에 선 모습으로 공항 의자에 딱 붙어 비행기를 기다렸다. 남편은 그사이 사 온 마르게리타 피자의 치즈를 주욱~ 늘여가며 "역시 이탈리아 치즈가 맛있네. 하하하핳" 하며 피자를 먹었다. 억울해서 피자

구석탱이의 치즈를, 빵은 아래에 그대로 둔 채 날롬 건져 먹었는데 욱– 구역질이 나 한 입 먹고 말았다. 스페인으로 가려면 이제 두 시간만 더 날아가면 되는데 비행기가 지연됐다. 현지 날씨를 착각한 우리는 패딩 입은 사람들 사이에서 민들레 홀씨 같은 옷을 입고 덜덜 떨었다. 허옇게 질린 동양인을 외국인들은 자꾸 흘끔흘끔 쳐다봤다. 어디에 시선을 둬도 자꾸 누군가의 눈알과 마주쳐서 눈을 감고 남편의 어깨에 기대 있다가 잠들었다. 대체 어떻게 지나갔는지도 모르게 그날 밤이 넘어갔고 우리는 마드리드에 도착했다.

남편이 여행을 짜면 나는 끌려다니는 카트처럼 툴툴툴툴 시끄러웠다. 그리하여 이번 스페인 여행은 내가 계획했다. 화려한 기둥과 건물들이 나올 때마다 남편은 "와~ 저거 뭐야?" 물었는데 나는 "음… 모르겠네" 했다. 하필 남편은 건물 구경을 좋아했고 하필 스페인엔 화려한 건물이 참 많았다. 바르셀로나 숙소 근처에 있는 울룩불룩한 건물을 본 남편이 또 "저거는 무슨 건물이지?" 하기에 "스페인은 신식 건물도 다 저렇게 오래된 건축양식인 것처럼 지어" 했는데, 알고 보니 안토니 가우디의 건물이었다. 거참 사람들 건물 한번 깨끗하게 쓰네. 우리는 우연히 지나친 건물들을 그때그때 찾아보며 "아~ 저게 그거구나" 했다.

　8박 10일은 우리가 한 여행 중 가장 긴 여행이었다. 그리고 가장 준비 없이 간 여행이었다. 여행 에세이들 보면 준비 없이 가도 그렇게 멋진 풍경을 마주하고 우연히 들어선 골목에도 춤추는 사람들이 있고 그러던데, 어쩐지 나는 가우디 건물을 봐도 자꾸 놀이동산만 생각나고 파에야의 설익은 밥알을 씹으면서 오묘한 표정을 지었다. 여행을 가면 뭘 먹어도 맛있고 깨춤이 절로 나올 줄 알았는데 그렇지 않으니 자꾸만 초조해졌다. 아, 얼른 김치찌개보다 맛있는 음식을 먹어야 하는데. FC 바르셀로나 기념품 숍에서 유니폼이라도 하나 사야 하는데…! 메시! 메시 어딨어, 메시! 우연히 할인 기간에 맞춰 백화점에 가게 된 사람처럼 어디로 가야 할지도 모르면서 안절부절못했다. 어? 이건가? 아! 저기에 가야 하나? 하며 텅 빈 장바구니를 든 채 허둥지둥했다. 유명하다는 성당을 바라보며 만족스러운 표정을 짓는 사람들 앞에서, 나는 먼 친척의 결혼식에 온 듯 어색한 표정으로 사진을 찍었다. 내가 가장 오래 머문 곳은 길가에서 우연히 만난 문구점이었다.

"오~ 지우개. 연필, 연필! 와! 이거! 와!! 가위!! 자기야, 이리 와봐! 가위!"

빨간 유아용 가위를 이국적인 악기 다루듯 서걱서걱 움직여보고 뿌듯하게 장바구니에 담았다. 넷플릭스에서 드라마 〈종이의 집〉을 보며 홧김에 계획한 스페인 여행이었고, 메시 팬이라며 FC 바르셀로나 유니폼에 메시의 이름까지 새겨 넣어 오리라 다짐했지만 고이고이 모셔온 건 벼룩시장에서 10유로(당시 환율로 계산하면 우리 돈으로 1만 3000원 정도였다)에 산 기절한 시계와 각종 문구용품이었다.

돌아오는 비행기에서는 술을 마시지 않았지만 그래도 멀미를 했는지 구역질이 목구멍까지 차올랐다. 인천공항에 내린 나는 다시 누런 이끼의 모습이 됐다. 제 발로 걸어오면 참 좋으련만, 천근만근 만취한 사람이라도 끌고 가듯 캐리어도 더 무거웠다. 그리고 드디어, 주차장에 도착해 문 열기 버튼을 눌렀다. 눌렀는데 아무 일도 없었다…. 차 키를 꽂고 쥐어짜듯 돌리니 탁! 간신히 운전석 문만 열렸다. 배터리가 방전된 거다. 긴급 출동 서비스를 부르고 운전석에 앉아 있다가 자리 옆에 놓인 작은 차량

용 제설기를 비장하게 쥐고 벌컥, 차 문을 열었다. 고지가 코앞이라 생각하니 힘이 났다. 차 위에 들러붙어 얼어버린 눈을 절도 있게 탁탁탁 쳐냈더니 통째로 툭, 투스슥! 쓰러지듯 떨어져나갔다. 잠시 후 백마처럼 등장한 하얀 출동 차량이 우리 앞에 멈춰 섰고 몇 분 만에 우르릉~ 시동이 걸렸다. 한 시간만 기다리면 이 여행이 모두 완성될 예정이다. 마지막 여정을 생각하니 갑자기 푸릇푸릇 생기가 돌았다.

그곳으로 향했다. 능숙하게 차를 세우고 짐을 꺼낸 뒤 남들의 눈에 띄지 않게 비밀번호를 누르고 조심스레 집 문을 열었다. "니야!" 두 고양이가 들뜬 꼬리를 빳빳하게 세우고는 종종종종 솜방망이를 내디디며 달려왔다. 넝쿨 같은 팔로 고양이들을 감싸 안고는 그대로 풀썩- 침대에 쓰러졌다. 참 눈이 오지 않던 겨울이었는데 창밖엔 민들레 홀씨 같은 하얀 눈송이가 팔롱팔롱 날아다녔다. 그 모습을 보며 가만히 침대에 누워 있었다.

서른 살 겨울, 나는 예상과 달리 어디에도 깊이 뿌리내리지 못했다. 높이 자라지도, 눈에 띄지도 않은 채였다. 아무래도 나는 전생에 이끼였던 것 같다. 어디에도 뿌리

내리지 못해 곧 떨어져나갈 것만 같았는데 여전히, 조용히, 이곳에 있다.

전세도 1년밖에 안 남았고

ⓒ 김국시 2020

초판 1쇄 인쇄 2020년 4월 16일
초판 1쇄 발행 2020년 4월 22일

지은이 김국시
펴낸이 이상훈
편집인 김수영
본부장 정진항
문학팀 정선재 김준섭 김수아
마케팅 천용호 조재성 박신영 조은별 노유리
경영지원 정혜진 이송이
펴낸곳 한겨레출판(주) www.hanibook.co.kr
등록 2006년 1월 4일 제313-2006-00003호
주소 서울시 마포구 창전로 70(신수동) 화수목빌딩 5층
전화 02-6383-1602~3 **팩스** 02-6383-1610
대표메일 munhak@hanibook.co.kr

ISBN 979-11-6040-375-6 03810

이 도서의 국립중앙도서관 출판예정도서목록(CIP)은 서지정보유통지원시스템 홈페이지(http://seoji.nl.go.kr)와 국가자료종합목록 구축시스템(http://kolis-net.nl.go.kr)에서 이용하실 수 있습니다. (CIP제어번호 : CIP2020011615)